Iltharia

Zwischen den Welten

Vorwort des Autors

Lieber Leser, liebe Leserin,

Vielen Dank, dass du - ich darf doch „du" sagen, oder? - mein Buch liest. Dies ist mein erstes Werk in einem derartigen Umfang, also sei bitte nicht zu kritisch. Ich habe es aus Spaß geschrieben, nicht um einen Pulitzer-Preis zu gewinnen.
Ich möchte dich auch gar nicht lange aufhalten, bevor du in die Welt von *Iltharia* eintauchen kannst. Nur ein paar Dinge würde ich vorher gerne noch ansprechen.

Zuerst klären wir die Frage, für wen dieses Buch geeignet ist. Die Antwort ist ganz einfach: für jeden. Alle, die an Videospielen (speziell Rollenspielen), interessiert sind, Virtual Reality mögen oder einfach eine Fantasy Geschichte schätzen, kommen hier auf ihre Kosten. Aber auch für eure Eltern, Großeltern und alle anderen, die mit dieser Szene noch nichts am Hut haben, ist das Werk geeignet. Du kannst über das hinten angehängte Glossar Erklärungen zu allen Fachbegriffen finden und so etwas Grundwissen und Vokabular lernen. Dies dient dazu, bei Gesprächen über Gaming mitreden zu können oder zumindest zu verstehen, um was es geht. Optimal also, wenn du etwas über dieses Hobby lernen willst.
Auch einige etwas "altbackene" Wörter werden speziell für die jüngeren Leser hier erklärt.
Solltest du ein Wort nicht kennen und ich es nicht im Glossar erklärt haben, greift ein einfacher Grundsatz des Internets: „Google is your friend!" Hab also keine

Angst, Begriffe zu googlen. Und schon hast du was gelernt :)

Ein weiterer Punkt, den ich gerne klarstellen würde: Auch, wenn derartige Szenen hier beschrieben werden, weder ich als Autor, noch Personen, die ich kenne, trinken Alkohol während des Dienstes. Insbesondere nicht, wenn es Blaulicht-Dienste sind! Auch nutzen wir Sondersignale von Einsatzfahrzeugen nicht zum Spaß oder um private Ziele zu erreichen.

Bevor es jetzt gleich losgeht, nur noch einen letzten Satz.

Wer einen Rechtschreibfehler findet, darf ihn behalten :)

Oder steckt hier vielleicht ein Geheimer Code dahinter?

Prolog:

"Also gut - damit wäre die Sache beschlossen. Vielen Dank für eure Unterstützung, ihr wisst was ihr zu tun habt und dürft gehen." Wie angeordnet, leerte sich der Raum, als seine Berater und Vertraute aufstanden und gingen, bis er schließlich alleine war. Das Vorhaben war nicht nur ein bisschen riskant, ein Scheitern würde fatale Folgen nach sich ziehen. Wenn sich seine Berater täuschten oder sie sich auch nur einen einzigen Fehler erlaubten, wäre er ruiniert. Seine Frau hatte ihn gefragt, warum er sich diesem Risiko überhaupt aussetzen wollte, aber er musste es einfach tun. Wenn er sein Vorhaben nicht in die Tat umsetzen würde, wäre ihm der Abstieg in die Bedeutungslosigkeit vorherbestimmt. Es war die einzige Chance, alles, was ihm wichtig war, zu beschützen.

Kapitel 1: Der Countdown

„Danke dir!", sagte Alina zu ihrem Mitarbeiter, der ihr gerade eine Tasse frischen Kaffee gebracht hatte. Sie würde Luca zwar nie um so etwas bitten, aber er kümmerte sich in der aktuellen Crunchtime um sie, da sie sonst vor lauter Arbeit sogar das Trinken vergessen würde. Dass er ihr während ihren aktuellen 16 Stunden-Tagen nicht mit Wasser kommen brauchte, wusste er zum Glück genau. Sie saß in ihrem kleinen Büro in München, umgeben von Bildschirmen, Codezeilen und bunten Post-its, die ihre Gedanken festgehalten hatten. Die Sonne schien durch die großen Fenster und tauchte den Raum in warmes Licht. In ihrem Kopf tobte ein Sturm aus Ideen und Konzepten. Als Gründerin eines Start-ups war sie nicht nur Chefin eines Entwicklerteams - sie war die treibende Kraft hinter *Iltharia*, einem Virtual-Reality-Spiel, das Gamer in eine faszinierende, mittelalterliche Fantasiewelt entführen sollte. Das Projekt war durch Investoren finanziert worden und der Druck, die Erwartungen der Geldgeber zu erfüllen, lastete schwer auf ihren Schultern. Ihr gesamtes Lebenswerk hing vom Erfolg dieses Spiels ab.

Alina war erst vor zwei Jahren nach München gezogen, nachdem sie ihre Kindheit in Garmisch-Partenkirchen verbracht hatte. Der Umzug war sowohl ein Abenteuer als auch eine Herausforderung. Jedoch hatte sie die pulsierende Atmosphäre der Stadt schnell in ihren Bann gezogen. Hier war sie näher an den Möglichkeiten der Technologie, die sie so liebte. Das redete sie sich zumindest ein. In Wahrheit waren es die Investoren, die ihr ohne ihre Zustimmung dieses Büro gemietet hatten und ihr mehrere Entwickler einstellten, die sie unterstützen sollten. Anfangs fiel es ihr schwer den Fremden bei der Arbeit an Ihrem Herzensprojekt zu vertrauen, aber sowohl die Kompetenz ihrer neuen Angestellten, als auch die zahlreichen Deadlines, die sie einhalten musste, zwangen sie über Ihren Schatten zu springen und sich von Luca und Sabrina helfen zu lassen. Der Gedanke, ein Spiel zu entwickeln, das Menschen miteinander verbinden konnte, indem sie auf eine vorher nie da gewesene Art und Weise in der Virtual Reality Abenteuer bestreiten konnten und den gesamten Gaming Markt revolutionieren sollte, erfüllt sie mit Stolz. Auch, wenn mit näherrücken des Beta Tests immer mehr Panik dazukam.

Gerade, als sie sich entschied an dem Code für die Charaktererstellung zu arbeiten und den elendigen Bug zu fixen, der es unmöglich machte als Zwergen Magier das Spiel zu bestreiten ohne, dass der Charakter permanent seine Hose auszog und in Unterhose weiter durch die Welt zog, kam ihr Handy ins Sichtfeld. Und damit auch das schlechte Gewissen, weil sie sich vor lauter Arbeit seit Ewigkeiten nicht mehr bei ihrem besten Freund seit Kindheitstagen gemeldet hatte. Sie öffnete die Nachrichten-App und tippte eine Nachricht an Percy: „Hey, wie läuft's bei dir? Ich bin hier am Arbeiten - das Spiel wird bald gelauncht!"

Alina erinnerte sich an die vielen Abende, die sie mit Percy verbracht hatte, als sie noch in Garmisch lebte. Sie hatten endlose Nächte mit Videospielen verbracht, träumten von ihren Zielen und wuchsen zusammen auf. Diese Erinnerungen waren für sie wie ein sicherer Hafen inmitten des hektischen Lebens in der Stadt.

Ein kurzer Moment verging, bevor ihr Handy vibrierte. Die Antwort von Percy kam schnell: „Hey, ich bin gerade von einem Taucheinsatz zurück! Ich wollte gerade Abendessen, als der Piepser losging. Perfekt, oder?" Alina grinste und schrieb zurück: „Typisch! Das klingt nach einem aufregenden Abend. Ich hoffe, du schaffst es später noch etwas zu essen!"

Die Nachricht von Percy ließ sie kurz innehalten. Viel zu lange hatte sie keine Zeit mehr mit ihrer Familie oder Freunden verbracht. Sie wusste, dass er vorhatte, die Ausbildung zum Rettungstaucher zu machen. Dass er damit schon fertig war, ging wohl aber an ihr vorbei. Trotzdem war es beruhigend zu wissen, dass er trotz der Distanz immer noch ein Teil ihres Lebens war. Während sie den Bildschirm ansah, fiel ihr Blick auf die anstehenden Aufgaben. Der Code für den Charaktereditor musste optimiert werden und sie hatte ein dringendes Update für die Investoren zu erledigen. Mit einem entschlossenen Seufzer wandte sie sich wieder Ihrer Arbeit zu.

Kapitel 2: Die Welt von Iltharia

Anton flog nur so über den Trail, der durch den dichten Wald bei Garmisch führte. Der Fahrtwind pfiff ihm ins Gesicht, sodass ihm die mittlerweile zu lang gewachsenen, dunkelblonden Haare aus dem Blickfeld schob. Seine Reifen sprangen über Wurzeln und Steine, während er den Trail hinunter raste. Der Adrenalinschub ließ sein Herz schneller schlagen, seine Konzentration war voll auf die Strecke gerichtet. Es war Samstag, sein freier Tag, und er nutzte diese Gelegenheit, um seinem liebsten Hobby nachzugehen: Downhill-Biking.

Plötzlich vibrierte sein Handy in seiner Jackentasche. Ein kurzer Blick auf den Bildschirm seiner Smartwatch, den er trotz der Geschwindigkeit wagte, ließ ihn abrupt die Bremsen ziehen. Eine Nachricht von der Post: *„Ihr Paket wurde zugestellt."* Sein Herzschlag beschleunigte sich noch mehr – aber diesmal nicht wegen der Fahrt. Das war es! Das Spiel ist endlich angekommen!

Er zog sein Bike abrupt aus der Kurve, sprang ab und keuchte schwer, als er sich aufrichtete. „Iltharia", flüsterte er, als er das Handy wieder weg steckte. Ohne weiter zu zögern, schwang er sich auf sein Fahrrad und trat mit seinen, wie der Rest seines Körpers muskulösen Beinen, kräftig in die Pedale. Zum ersten Mal war die Strecke, die er eben noch genossen hatte, nur noch ein Hindernis zwischen ihm und dem lang ersehnten Spiel.

Eine knappe Viertelstunde später erreichte er sein Haus, das am Stadtrand von Garmisch-Partenkirchen lag. Seine Muskeln brannten, als er das Fahrrad abstellte und die Haustür aufriss. Dort, auf der Fußmatte, lag es – das schlichte, aber vielversprechende Paket, das ihm den Zugang zur Beta-Version von *Iltharia* verschaffen würde. Endlich war der Moment da. Niemals hatte er damit gerechnet, bei den sicherlich Millionen von Bewerbungen, als Beta-Tester genommen zu werden, zumal er sein Bewerbungsvideo nicht gerade besonders mühevoll erstellt hatte. Außerdem hatte er es zwei Tage nach Bewerbungsschluss versendet. Anscheinend hatte er es mit mehr Glück als Verstand im Losverfahren trotzdem noch geschafft und zählte zu den 100 glücklichen Beta-Testern.

Er stürmte ins Haus, vorbei an seinen Mariuhana Pflanzen, die Percy ihm zum Geburtstag geschenkt hatte und, die er seitdem täglich oder zumindest, wenn er daran dachte, pflegte. Er schloss die Tür hinter sich und riss das Paket auf. Das VR-Headset war darin, elegant und futuristisch gestaltet, zusammen mit einer kurzen Anleitung und einem Schreiben, das ihn an die strengen Bedingungen des Beta-Tests erinnerte. Kein Wort darüber durfte nach draußen dringen. Kein Hinweis, dass er zu den Auserwählten gehörte. Sogar unterschrieben hatte er die über 50 Seiten Text Verschwiegenheitserklärung, die er etwa so aufmerksam, wie die Anleitung seines Kühlschranks studierte, bevor er es unterschrieben zurück sendete.

Sein Herz pochte noch immer, als er das Headset in die Hände nahm. Darunter kamen zwei Controller zum

Vorschein. Als er diese herausnahm, entdeckte er den doppelten Boden der Box. Beim Öffnen musste er grinsen, als er zwei Dosen Energy Drink, eine Flasche Met und ein paar Snacks zusammen mit dem Zettel *"Für lange Nächte in Iltharia"* entdeckte. Er setzte sich auf die Couch und atmete tief durch. Seine Finger zitterten leicht vor Aufregung, als er das Gerät anlegte. Es fühlte sich kühl und schwer auf seinem Kopf an, als es sich sanft an seine Stirn schmiegte.

Mit einem Druck auf den Einschaltknopf des Controllers begann alles. Das dachte er zumindest. Denn alles blieb schwarz. Mehrfach drückte er auf den Knopf, bis er sich das Headset vom Kopf riss und die beigelegte Anleitung aus dem Papierkorb fischte. „Aha ja, macht Sinn", dachte er, als er Controller und Headset an die mitgelieferten Kabel ansteckte. Wie auf glühenden Kohlen startete er zwanzig Minuten alles, bis er es nicht mehr aushielt, den Stecker zog und sich wieder bereit machte. Die Welt um ihn herum wurde schwarz und er tauchte ein in die virtuelle Realität. Ein leises Summen ertönte, bevor sich vor ihm ein strahlendes Logo in die Dunkelheit schnitt: *„Iltharia".* Darunter stand: *„Betreten Sie die Welt."*

11

Ein Lächeln stahl sich auf Antons Gesicht. Er drückte den Controller und die Realität verschwand, als er in die magische Welt von *Iltharia* gezogen wurde.

Die erste Umgebung, die er sah, war ein leeres, riesiges Gewölbe, das sich über ihm zu einer Kuppel spannte. Die Wände waren aus glänzendem Marmor mit goldenen Verzierungen. Vor ihm schwebte eine Kugel aus schimmerndem, blauem Licht – offensichtlich der Charakter-Editor.

Seine Finger zitterten leicht, als er den Controller anhob und auf die Kugel zuwies. Sofort erschienen Optionen vor ihm, schwebend in der Luft.

Zuerst musste er eine Rasse auswählen. Jede Rasse wurde vor ihm in einer holografischen Projektion angezeigt:

Menschen – robust und vielseitig, die sicherste Wahl für Neulinge.

Elfen – hochgewachsene, elegante Wesen mit magischen Fähigkeiten und spitzen Ohren. Perfekt für Spieler, die auf Geschicklichkeit und Magie setzen wollen.

Zwerge – klein, aber stämmig und zäh. Ausgezeichnete Nahkämpfer mit einer Vorliebe für schwere Waffen.

Orks – groß, muskulös und einschüchternd. Ideal für Spieler, die rohe Kraft bevorzugten.

Trolle – die größten und stärksten - aber auch die langsamsten Wesen in Iltharia.

Anton überlegte einen Moment, bevor er sich für den Elf entschied. Vor ihm entstand die Figur eines schlanken, eleganten Wesens mit leuchtenden Augen und einem schimmernden Bogen auf dem Rücken. Der Elf bewegte sich, als wäre er Teil des Windes, leichtfüßig und mit einer natürlichen Anmut, die Anton sofort faszinierte. Die Entscheidung fiel ihm nicht leicht, da auch die Menschen und Zwerge für ihn interessante Rassen waren - aber schließlich fiel die Entscheidung.

Als Nächstes folgte die Wahl der Klasse. Eine Liste erschien vor ihm und er durchlief die Optionen, jede beeindruckender, als die andere:

Krieger – stark gepanzerte Kämpfer, die an vorderster Front stehen.

Magier – Meister der Magie, die ihre Feinde mit Feuer, Eis oder Blitzschlägen vernichten können.

Schurke – heimliche Assassinen, die aus dem Schatten angreifen.

Bogenschütze – Meister des Fernkampfes, die aus sicherer Entfernung ihre Ziele präzise erledigen.

Anton fühlte sich sofort vom Magier angezogen. Der Elf vor ihm ließ kleine Flammen aus seiner Hand entstehen und bewegte sich auf und ab. Er konnte fast den Wind spüren, der von der Bewegung aufgewirbelt wurde. Ein Gefühl der Vorfreude durchströmte ihn beim Bestätigen seiner Auswahl. Anschließend kam der Spielername an die Reihe - genau wie die Klasse, eine leichte Entscheidung. Auch wenn er noch nicht wusste, wie er den Namen eingeben sollte. Auf der Suche nach einer Tastatur oder einer anderen Möglichkeit zu tippen, flüsterte er "HofmagierDML" vor sich hin und sah erschrocken zu, wie sich der Name über seinen Kopf aufbaute. Krasses Pferd, sogar Spracherkennung ist hier drin. Ob es wohl einen Voicechat geben wird? „Sicherlich, warum denn sonst so ein Feature einbauen?", dachte er sich.

Ein leises Zischen erfüllte die Luft, als seine Figur in ein gleißendes Licht gehüllt wurde. Die Auswahl verschwand und vor ihm öffnete sich eine neue Welt – eine dichte, mystische Waldlandschaft. So real, dass er den Geruch von Moos und Kiefern in der Luft wahrzunehmen glaubte. Die Bäume ragen hoch auf, ihre Kronen verloren sich in den Wolken und das Sonnenlicht brach sich in den Blättern, während er das erste Mal in die Welt von „Iltharia" trat.

Kapitel 3: Ankunft in Grüne Au

Anton konnte seine Aufregung kaum verbergen, als das Menü verschwand und es dunkel wurde. Vor ihm öffnete sich die virtuelle Welt von Iltharia und er stand am Rand eines kleinen, idyllischen Dorfes.

Das Dorf erstreckte sich vor ihm wie ein Bild aus einem alten Märchen. Die Fachwerkhäuser, deren Dächer mit Moos bedeckt waren, reihten sich entlang der staubigen Straßen. Bunte Blumen wuchsen in den Fenstern und in der Ferne plätscherte leise ein Bach. Es war friedlich, die Luft klar und frisch. Anton atmete tief ein und ließ sich für einen Moment von der Atmosphäre fesseln.

Bevor er sich weiter umsehen konnte, wurde er von einem NPC, einer älteren Frau mit einem freundlichen, faltigen Gesicht, angesprochen. Sie trug einen langen Umhang, der die Farbe des Himmels widerspiegelte, und einen Wanderstab in der Hand. „Willkommen, junger Abenteurer", sagte sie mit einer warmen Stimme. „Ich bin Elara, die Dorfälteste von Grüne Au. "Lass mich dir helfen, deinen Weg in *Iltharia* zu finden." „Ah, das wird also ein Tutorial sein", schoss es ihm durch den Kopf. „Naja, NPCs haben ja Zeit", dachte er, als er überlegte, wie er sich bewegen soll. Sobald er auch nur daran dachte, vorwärts zu gehen, passierte genau das. In den Teasern für das Spiel wurde so etwas erwähnt, aber er dachte nie, dass das wirklich funktionieren könnte. Die Technik erkennt per Eyetracking und Bewegungen seines Kopfes und seiner Hände genau, welche Bewegung er plant. Enthusiastisch ging er los. Plötzlich knallte es und ihm tat der Fuß weh. Fluchend riss er sich das Headset vom Kopf und sah, dass er gegen die Wand gerannt war. Die reale Wand in seiner Wohnung. Intuitiv ist er wohl auch in echt gegangen, meinte er. Für den Release waren hochmoderne Walking Pads als mögliches Hardware Add-On angekündigt, aber diese sollten nie verpflichtend sein. Er würde wohl darauf achten müssen, sich nicht in der Realität zu bewegen. Ob das wohl klappt? Ein Geistesblitz ereilte ihn, als er einen Stuhl auf zwei Bierkisten stellte, um hoch genug zu sitzen und nicht mehr den Boden zu berühren. Voller Tatendrang setzte er das Headset wieder auf und bemerkte, dass Elara vor ihm stand. "Vielleicht hätte ich dir zuerst das Laufen erklären sollen - hast du aber wohl schon herausgefunden, oder?" lachte sie ihn süffisant grinsend aus. "Hast du eine Lösung gefunden?" fragte sie ihn. "Ja, mein Stuhl steht jetzt auf zwei leeren Kästen und meine Beine sind in der Luft", gab er zurück. "Clever - nun folge mir!", entgegnete Elara.

Anton folgte der alten Frau, während sie ihm die Grundlagen des Spiels erklärte. Sie zeigte ihm, wie er das Menü mit einer einfachen Handbewegung aufrufen konnte: Handfläche nach oben, eine leichte Drehung des Handgelenks, und schon erschien vor ihm ein holografisches Interface. Verschiedene Menüpunkte schwebten vor ihm und er konnte durch eine einfache Berührung der Symbole navigieren.

„Hier findest du deine Ausrüstung, Fähigkeiten und Quests", erklärte Elara und deutete auf die verschiedenen Kategorien im Menü. „Aber bevor du deine Reise beginnst, sollten wir sicherstellen, dass du ausgerüstet bist."

Sie führte ihn in eine kleine Kammer voller Waffen und Rüstungen. Anton konnte das Glitzern von Schwertern, Äxten und Schilden sehen, die in den Regalen lagen. Als Magier sollte er stilecht auch eine Waffe für den

Nahkampf mitnehmen, schoss es ihm durch den Kopf, als er ein Langschwert entdeckte und es aus der Halterung nahm. Elara lachte ihn nur an und wartete darauf, was passierte. Anton nahm das Schwert, wollte es hochheben und bemerkte, dass sich die Controller beinahe nicht bewegen ließen. "Du bist ein untrainierter Elf auf Level 1 - das Schwert ist eine Nummer zu groß für dich - versuchs mit dem hier", erläuterte sie ihm. Das Schwert, das sie ihm reichte, war gerade einmal halb so lang. Dafür konnte er es problemlos bewegen, also würde es wohl für den Anfang reichen müssen. Das Angebot auf einen Schild lehnte er dankend ab, eine Hand würde er ja zum Zaubern brauchen. Auch bei der Auswahl der Rüstung verhielt er sich eher zurückhaltend. Mehr als ein leichtes Kettenhemd sowie eine komplette Ledermontur wollte er nicht. Einzig einen langen grünen Reisemantel nahm er noch. Er wollte die Waffenkammer bereits verlassen, als Elara ihm erklärte, dass er noch mehr nehmen könne. Da er keinen Schild wollte und bei der Rüstung sparsam war, konnte er noch einige Ausrüstungsgegenstände nehmen. Er sah auf den Haufen diverser Gegenstände auf dem Tisch vor ihm und nahm als erstes einen Proviantbeutel. Zusätzlicher Lagerplatz war in jedem Spiel gut, hier sicherlich auch. Den Feuerstein lässt er, an die Flammen aus dem Charaktereditor denkend, grinsend zurück. Einen Dolch als Ersatzwaffe verschmähte er jedoch nicht. Auf Elaras Drängen hin nahm er auch noch die lederne Wasserflasche mit, die sie ihm anbot.

Nachdem er gesagt hatte, dass er nichts mehr brauchte und Elara ihm für seine Torheit strafenden Blick standhielt, holte sie eine Rolle hervor. Sie breitete diese auf dem Tisch aus und Anton bemerkte, dass es sich hierbei um Fähigkeiten oder Talente handelte. Dutzende und Aberdutzende von verschiedenen nützlichen Dingen las er. "Das könnte einen Moment dauern, lass dir ruhig Zeit, ich warte draußen auf dich", rief sie ihm zu.

Er begann damit, die Auswahl durchzulesen. Einige Fähigkeiten konnte er gleich ausschließen. Heilung würde er nicht brauchen. Spätestens, wenn die Beta-Version vorbei war und sein Freund Percy auch spielen würde, baute er eh eine komplette Heiler-Klasse zusammen. So wie in jedem Spiel.

Andere Fähigkeiten hörten sich jedoch interessant an und so wählte er „Schlossknacken", „Schwimmen" und „Klettern" aus. Auf der Suche nach einer Anzeige, wie viel er noch wählen konnte, las er „besseres Charisma" und dachte an die letzte D&D Kampagne, als er diesen Skill vernachlässigt hat. Das ganze musste er büßen, da er niemanden zu irgendwas überreden konnte. Weitermachen wollte er mit Talenten für „Alchemie", „Tiere zähmen" und „Schleichen", aber schon bei Talent für Alchemie schloss sich die Rolle plötzlich. Trotz aller Kraft konnte er sie nicht mehr öffnen. Da Elara auf sein Fluchen nicht reagierte, stürmte er hinaus. Sie erwartete ihn bereits und reagierte ganz gelassen auf seine Beschwerden, indem sie ihm mitteilte, dass er wohl die maximale Anzahl erreicht hat, er aber in Zukunft beim LVL Up neue Dinge auswählen kann. Immer noch verärgert fiel ihm auf, dass er keine magischen Talente entdeckt hat.

„Aber ich dachte, ich wäre ein Magier!", rief Anton frustriert aus. „Warum kann ich dann nicht zaubern?"

Die Dorfälteste lächelte verständnisvoll. „Geduld, junger Mann. Magie ist nichts, was man einfach so beherrscht. Du hast das Potenzial, Magie zu wirken, aber das Zaubern musst du erst lernen. Dafür brauchst du einen Lehrer."

„Und wo finde ich einen solchen Lehrer?" fragte Anton, der sich einen Moment lang entmutigt fühlte.

Elara runzelte die Stirn und kratzte sich nachdenklich am Kinn. „Nun, im Dorf selbst fällt mir niemand ein, der dich unterrichten könnte. Aber vielleicht erfährst du mehr im Wirtshaus. Dort hört man oft Geschichten von alten Zeiten und seltsamen Gestalten. Geh dorthin und lausche den Gesprächen – vielleicht findest du einen Hinweis. Aber davor würde ich gerne mit dir den Nahkampf trainieren", sagte sie und schlug plötzlich mit einem Stock auf ihn ein. Der Schlag kam so unerwartet, dass er keine Chance hatte, ihn zu parieren und ihn demnach direkt in den Magen abbekam. Auch wenn er natürlich keinen echten Schmerz spürte, dachte er es einen kurzen Moment und zuckte zusammen. Elara stachelte ihn weiter an: "Ja, du musst dich schon bewegen!" Genug von diesem nervigen NPC habend, zückte er sein Schwert und schlug auf sie ein - nur, dass sie jeden seiner Schläge mit Leichtigkeit parierte. Aber nachdem er jetzt vorbereitet war, gelang es ihm sogar, auch ihre Schläge zu parieren. Nach einigen Minuten, die ihm vor lauter Konzentration den Schweiß auf die Stirn trieben, real wie auch virtuell, schlug sie ihm mit dem Stock auf den Knauf des Schwertes, sodass er es fallen ließ. "Genug", rief sie: "Ich sehe, du verstehst die Grundlagen, auch wenn du noch viel lernen musst. Hier hast du ein paar Münzen und ein Ledersäckchen, um sie zu verstauen. Du solltest etwas trinken, du bist ja völlig außer Atem. Wenn du mich nochmal brauchst, findest du mich meistens in meinem

Haus die Straße runter oder einfach hier im Ort." Er bemerkte im oberen rechten Winkel seines Blickfeldes etwas aufblitzen und öffnete das Menü. Dort fand er ein Buch mit dem Titel "Charaktere" und entdeckte auf Seite eins alle Informationen über Elara, die er bereits erfahren hatte. Allerdings war ihre Seite bei Weitem nicht voll und das Buch hatte noch hunderte von leeren Seiten. „Gott sei Dank gibt es hier so ein System, ich kann mir ja nie alle NPCs merken", dachte er sich und schloss das Menü wieder.

Mit neuem Elan machte sich Anton auf den Weg zum besagten Wirtshaus. Der Klang von Gelächter und das Klirren von Krügen kamen ihm entgegen, als er die massive Holztür öffnete und den Raum betrat. Der Raum war voller Leben – NPCs saßen an den Tischen, lachten, tranken und unterhielten sich lautstark. An einem Tisch spielten ein paar Gäste Karten, während andere am Tresen standen und mit dem Wirt sprachen.

Anton setzte sich an einen freien Tisch in der Ecke, lauschte den Gesprächen um sich herum und hoffte, mehr über mögliche Magie Lehrer zu erfahren. Bald bemerkte er, dass einige der Gäste von einem

Einsiedler erzählten – ein alter Mann, der alleine auf halber Höhe des Berges lebte, der das Dorf überragte.

„Er ist angeblich ein mächtiger Magier", flüsterte ein alter Mann, während er an seinem Bier nippte. „Niemand weiß genau, wo er herkommt, aber er lebt da oben schon seit Jahren. Man sagt, er kann die Elemente beherrschen." „Ach Blödsinn, der Alte hat einfach zu viel geraucht und hat sie nicht mehr alle!"

Anton spitzte die Ohren.

Gerade als er darüber nachdachte, diese gefährliche Reise anzutreten, setzte sich jemand neben ihn. Es war ein anderer Spieler – ein junger Mann in einfachen Lederwams, der einen grimmigen Ausdruck trug. „Hey, bist du neu hier?" fragte er mit einem leichten Lächeln.

„Ja, ich bin gerade erst in *Iltharia* angekommen", antwortete Anton.

Der Spieler streckte ihm die Hand entgegen. „Ich bin Luca", sagte er. „Ich arbeite am Spiel mit. Du weißt schon, einer der Programmierer. Ich schaue regelmäßig nach, wie die Beta-Tester zurechtkommen."

Anton war überrascht. „Wow, echt? Ich dachte, du wärst nur ein weiterer Spieler."

Luca lachte. „Naja, schön wär's, aber ich bin vor allem hier, um Feedback zu sammeln und sicherzustellen, dass alles läuft. Wie läuft es also bei dir?"

„Es ist unglaublich!", rief Anton begeistert. „Aber ich bin ein bisschen enttäuscht, dass ich noch nicht zaubern kann. Auch bin ich etwas verwirrt über manche Elemente. Im einen Moment ist man voll in der Welt und vergisst fast, dass es ein Spiel ist und plötzlich erzählt mir jemand, ich sei in Level eins. Zerstört irgendwie das Feeling."

Luca nickte verständnisvoll. „Ja, das kann ich verstehen. Aber keine Sorge – die Magier fangen so an, das ist quasi ein Rollen- und Klassenspezifisches erweitertes Tutorial, bevor wir euch auf die ganze Welt loslassen. Die Suche nach einem Lehrer gehört dazu."

"Du sagst Lehrer, als gäbe es mehrere?"

"Vielleicht", zwinkerte Luca ihm zu.

"Und wegen der Immersion - das ist beabsichtigt. Wir wollen mit dem Spiel auch nicht Gamer abholen und führen deshalb etwas langsamer in das Ganze ein. Aber so verhalten sich NPCs nur in den Stadtregionen - jede Rasse hat ihre eigene. Sobald du den Bereich um

Grüne Au verlässt, wirst du nur noch im Menü merken, dass du in einem Spiel bist."

„Danke, das ist echt cool", sagte Anton und fühlte sich erleichtert. „Ich werde mal sehen, ob ich diesen Einsiedler finde."

Luca grinste. „Viel Glück. Ich habe schon von ihm gehört, aber ich weiß nicht, ob irgendjemand wirklich den Mut hatte, ihn zu besuchen. Genieß die Zeit im Spiel, aber bitte denk dran, alle Fehler, Bugs und merkwürdigen Dinge zu notieren und mir oder meinen Kollegen zu melden. Entweder im Spiel oder direkt per Mail - so wie es dir besser rausgeht".

Mit diesen Worten verabschiedete sich Luca und Anton blieb nachdenklich am Tisch sitzen. Der Gedanke einen echten Magier zu finden und von ihm zu lernen, ließ sein Herz schneller schlagen. Es klang nach einem Abenteuer – genau das, worauf er gehofft hatte, als er sich für die Beta-Testphase von *Iltharia* angemeldet hatte. Am liebsten wollte er sofort aufbrechen. Als er aber bemerkte, dass es draußen schon dunkel war und sein Charakter merkwürdig träge, öffnete er kurz das Menü auf der Suche nach einer Uhr oder etwas Ähnlichem. Er entdeckte eine Müdigkeits-Anzeige, die auf über 60% stand. "Oh wie ätzend", dachte er sich und überlegte, ob er es einfach darauf anlegen sollte. Aber die Angst den Magier nicht zu erreichen oder aufgrund der Müdigkeit eventuelle Prüfungen nicht zu bestehen, war zu groß. Daher fragte er den Gastwirt nach einem Zimmer für die Nacht, bezahlte dieses mit 2 Silberstücken im Voraus und wollte gerade seinen Charakter zum Schlafen legen. Doch plötzlich hatte er eine Idee. So real, wie die Spielwelt wirkte, würde mit Sicherheit auch Alkohol Auswirkungen zeigen. Doch da er ja nicht wirklich betrunken werden konnte, musste das Spiel dies irgendwie darstellen. Von der Neugier gepackt, setzte er sich an den Tresen. "Was habt ihr von Bachus geküsstes da?" fragte er den bärtigen und wie einen Schrank gebauten, grimmig dreinblickenden Gastwirt. "Redet bitte normal reisender", sah ihn der Wirt verdutzt an. "Ich nehme an, ihr wollt wissen, was ich mit Alkohol im Haus habe. Met, Wein und Gerstenblut sowie Selbstgebrannten." „Dann nehme ich ein Gerstenblut sowie von eurem Selbstgebrannten", gab er seine Bestellung auf, neugierig darüber, was sich wohl hinter Gerstenblut verstecken würde. Einen Moment später lieferte ihm der Wirt die Antwort zusammen mit seinen Getränken. Bier, es sah ganz genauso wie Bier aus. "Und immer schon auffüllen!" rief er dem Wirt hinterher, der sich anderen Kunden zugewandt hatte, welches dieser ihm mit einem

Daumen nach oben hinter seinem Rücken bestätigte. Beim Ansetzen des Bechers voller Bier, hatte er schon so gut wie vergessen, dass er in einem Spiel war. Die Realität holte ihn ein, als er vergeblich auf den Geschmack des Bieres in seinem Mund wartete. Für den Bruchteil einer Sekunde war er verwirrt, bevor ihm klar wurde, warum er nichts schmeckte. Das Bier war natürlich nicht real. Aber auch sein Magen wurde nicht voll und so trank er den Becher in einem Zug aus. Der Wirt nickte ihm anerkennend zu, als er das Holzgefäß wieder auffüllte. Beim Anblick des Schnaps in dem zweiten, deutlich kleineren Becher war er ganz froh, dass er nichts schmecken konnte. Alleine der Anblick der tiefgrünen Flüssigkeit reichte aus, dass sich ihm der Magen zusammenzog. Abwechselnd trank er den Schnaps und das Gerstenblut aus und legte jedes Mal eine Münze auf den Tresen. Wenige Minuten später war das Geld, das er bekommen hatte, weg und Anton enttäuscht über die fehlende Wirkung. Beim Aufstehen traf es ihn mit der Wucht einer Eisenbahn. Augenscheinlich braucht Alkohol, wie auch im echten Leben, Zeit zum Wirken. Beim Versuch zu gehen, verschwamm die Umgebung vor ihm. Er lief wie mit Scheuklappen. Seine Beine gehorchten ihm nicht mehr und so fiel er schon nach wenigen Schritten um. Unter Gelächter der anderen Gäste im Lokal versuchte er wieder aufzustehen, allerdings wurde ihm jetzt durch das verwackelte Bild seiner VR-Brille auch in Wirklichkeit übel. Mit voller Anstrengung versuchte er einen Schritt vor den anderen zu machen, bis sich der Wirt seiner erbarmte und ihm half, in sein Zimmer zu kommen, wo er ihn in Richtung des Betts schubste und den Raum wieder verließ. Anton ließ seine Figur auf das Bett und riss sich die Brille vom Kopf. Wieder in seinem eigenen Schlafzimmer musste er ein paar Mal tief Luft holen, bis sich die Übelkeit legte. Zufrieden mit sich selbst darüber, herausgefunden zu haben, dass man sich in diesem Spiel tatsächlich abschießen konnte, beschloss er allerdings, derartigen Alkohol nur noch im echten Leben zu praktizieren.

Kapitel 4: Feierabend in München

Percy saß im Auto und schaltete das Radio lauter, während er in Richtung München fuhr. Der Sonnenuntergang tauchte die Alpen im Rückspiegel in ein warmes, goldenes Licht, das die Berggipfel in ein magisches Leuchten hüllte.

Auf der Fahrt dachte er an Alina, seine alte Freundin. Ihr Lachen, ihre Leidenschaft für das Programmieren und ihre unbeirrbare Entschlossenheit, die Welt mit ihrem Spiel zu verändern, waren immer wieder inspirierend für ihn. Obwohl sie sich nicht mehr so oft sahen wie früher, freute er sich auf den Abend, an dem sie gemeinsam feiern würden. Der Start der Beta-Phase von *Iltharia* war geglückt und das musste gebührend gefeiert werden.

Er parkte den Wagen in der Nähe des Englischen Gartens und ging zu Fuß zur kleinen Bar, in der er sich mit Alina verabredet hatte. Als er die Bar betrat, saß Alina bereits an einem Tisch mit einem Bier in der Hand. Typisch für sie, trug sie ihre langen blonden Haare offen, die damit einen Kontrast zu ihrer stets schwarzen Kleidung bildeten. Ihre braunen Augen strahlten vor Freude, als sie ihn sah. „Na, endlich!" rief sie, als er sich näherte. „Ich dachte schon, du bist in irgendeinem Fluss ertrunken."

„Haha, sehr witzig," grinste Percy zurück, setzte sich zu ihr und bestellte ein Bier. „Du weißt doch, Fett schwimmt oben."

„Jaja, der große Retter der Wasserwacht, Percy - der Sohn des Poseidon!" neckte sie ihn. "Mach dich nicht lächerlich, die paar Kilo fallen doch gar nicht auf." und stieß mit ihm an, als sein Bier ankam. „Wie war heute der Lehrgang?"

Percy lehnte sich zurück und nahm einen tiefen Schluck. „Anstrengend, aber gut. Es ist immer wieder erstaunlich, wie blöd und bildungsresistent manche Menschen sind aber hey, das kriegen wir schon hin."

„Klingt, als hättest du viel zu tun." Alina lächelte ihn an. „Aber du liebst es doch, oder?"

„Absolut," sagte Percy.

Alina nickte, aber ihr Lächeln wirkte für einen Moment lang weniger strahlend. „Ja, ich weiß... Und bei dir merkt man immer, wie sehr du das schätzt. Bei mir ist das etwas anders. Ich bin in diesem Beta-Ding gefangen. Es läuft zwar gut, aber ich habe das Gefühl, dass ich immer hinter den Kulissen stehe, während andere das Rampenlicht genießen."

Percy lehnte sich vor. „Alina, du bist das Herz von *Iltharia*. Es wäre nichts ohne dich. Du hast es zum Leben erweckt. Glaub mir, die Leute werden dir dankbar sein, wenn sie in die Welt eintauchen. Und wenn man bedenkt, dass dir deine Investoren ermöglichen, das ganze durchzuziehen und wie viel du danach verdienen wirst, wenn das Spiel ein Erfolg wird und das wird es definitiv!"

„Ich hoffe es," murmelte sie und sah nachdenklich in ihr Glas. „Ich mache mir nur Sorgen. Es gibt einige technische Probleme, die wir beheben müssen, bevor es offiziell startet. "Aber genug davon, heute will ich nicht mehr an die Arbeit denken, sondern feiern!"

In diesem Moment öffnete sich die Tür zur Bar, und Sabrina und Luca traten ein. Sabrina, Alinas zweite Mitarbeiterin, strahlte in der Menge. Ihre lockeren, roten Haare fielen ihr leicht über die Schultern. Luca scannte den Raum und entdeckte die beiden sofort.

„Da seid ihr ja!" rief Alina und winkte die beiden herüber. „Ich dachte schon, ihr habt uns vergessen."

„Die Chefin vergessen? "Niemals!" lachte Sabrina, als sie sich neben Percy setzte.

Percy lachte und hob sein Glas. „Prost auf *Iltharia*! Und auf euch."

Luca setzte sich auf den freien Platz und sah Percy sofort mit einem interessierten Blick an. „Du bist also bei der Wasserwacht?" fragte er, als er sein Getränk nahm. „Alina hat mir davon erzählt. Wie ist das so?"

Percy grinste leicht. „Es ist nicht immer so aufregend, wie es klingt. "Aber es gibt schon Momente, in denen man merkt, dass man wirklich etwas bewirken kann."

Luca nickte interessiert. „Ich habe mich immer gefragt, wie das ist. Diese ganzen Rettungseinsätze und das Training... "Klingt ziemlich hart."

„Es ist manchmal schon anstrengend, alles deutlich entspannter, als es klingt", erklärte Percy und bemerkte, wie Luca aufmerksam zuhörte. Es war ihm ein Anliegen, seine Erfahrungen zu teilen, und er merkte, dass es ihm auch half, über seine eigene Leidenschaft zu sprechen.

Sabrina klinkte sich nun auch in das Gespräch ein und Percy spürte, wie er sich in der Unterhaltung vertiefte. Neben Jeans und T-Shirt von Luca fiel Percy Sabrinas Outfit, bestehend aus einem schwarzen Rock und dem passenden Hoodie, aber dafür einer knallroten Strumpfhose auf. Alina kannte Percy lange genug, um durch einen Blick in sein Gesicht zu merken, dass Sabrina ihm gefiel.

Die Gespräche wurden lebhafter, und je mehr Alkohol floss, desto lauter wurde auch das Lachen. Sabrina kicherte über eine lustige Anekdote von Alina und die technischen Probleme, die sie kurz erwähnt hatte, rückten immer weiter in den Hintergrund. Alinas Augen funkelten, als sie von ihren Erfahrungen im Spiel berichtete. Percy spürte, dass die Leidenschaft sie durchdrang.

Als die Nacht weiter voranschritt, bestellte Percy noch ein Bier, und es wurde klar, dass sein Plan, nach Hause zu fahren, wohl nicht mehr aufging. Er spürte, wie seine Wangen von den Drinks leicht warm wurden und als Sabrina ihn dabei ertappte, wie er sich etwas ungeschickt streckte, grinste sie verschmitzt. „Vielleicht solltest du heute Nacht besser hier bleiben, Percy,“ sagte sie.

Percy war sich nicht sicher, ob es der Alkohol war oder die entspannte Atmosphäre, aber er ließ den Gedanken an die Heimfahrt los und genoss einfach den Moment. „Klingt gut. "Ich denke, ich bleibe hier,“ antwortete er und bemerkte, dass ein Teil von ihm sich auf die

Vorstellung freute, den Abend mit Sabrina zu verbringen.

Während Alina und Luca weiter redeten, warf Sabrina ihm einen verstohlenen Blick zu. „Du hast ein interessantes Hobby, Percy."

„Danke," sagte Percy und erwiderte ihren Blick einen Augenblick lang, bevor er verstohlen auf seine Schuhe sah. „Wie läuft es bei euch in der Entwicklung?" Er wechselte das Thema, um die Aufmerksamkeit von sich zu lenken. Solange sie sprach, konnte er nichts Dummes sagen.

Sabrina erzählte von ihren Projekten und den Herausforderungen, die mit der Arbeit bei Alina einhergingen. Percy hörte aufmerksam zu. Es war eine unbeschwerte Chemie zwischen ihnen, die ihm ein Lächeln entlockte. Als Sabrina von Software Problemen erzählte, bei denen einige Charaktere immer ihre Hose verloren, wurde aus diesem Lächeln ein Lachen.

„Hey, ich habe einen Vorschlag!" sagte Sabrina schließlich. „Wie wäre es, wenn wir noch weiterziehen? Ich kenne da eine Bar, die tolle Cocktails macht."

Alina leuchtete auf. „Klingt gut! "Ich bin dabei!" Auch die anderen beiden stimmten zu.

"Wenn ich heute Nacht hier bleibe, werde ich aber irgendwo übernachten müssen", meinte Percy betont unschuldig in Richtung Sabrina.

Sabrina lächelte und Percy bemerkte, wie sich ihre Augen leicht weiteten, als sie seine Bitte hörte. „Mhm schauen wir doch mal, was wir da tun können." Ihr Tonfall war entspannt, aber es lag eine aufregende Ungewissheit in der Luft.

Alina schien die Anziehung zwischen ihnen zu bemerken, als sie Percy einen vielsagenden Blick zuwarf. „Na, dann wird das ja ein lustiger Abend! "Wir sollten wirklich aufbrechen, bevor der Abend vorüber ist!" Sie stand auf, während Luca nickte und auf seine Füße trat, bereit für das nächste Abenteuer.

Die Gruppe verließ die Bar und die kühle, spätsommerliche Nachtluft empfing sie sanft und erfrischend. Die Lichter der Stadt funkelten und schimmerten in der Dunkelheit und Percy fühlte sich plötzlich lebendig. Er ging neben Sabrina, ihre Schultern berührten sich leicht, was ihm ein warmes Gefühl gab.

Auf dem Weg zur nächsten Bar redeten sie ununterbrochen und lachten über Geschichten aus dem Alltag. Luca erzählte von einem Missgeschick bei einem seiner Projekte, während Alina mit einem leichten Lachen ein paar witzige Anekdoten über die Beta-Tester von *Iltharia* teilte und von vereinzelten Bugs erzählte, die zu teilweise wirklich komischen Situationen geführt haben.

Als sie die nächste Bar betraten, wurden sie von einer lebhaften Atmosphäre empfangen. Die Wände waren mit bunten Bildern geschmückt und die Musik pulsierte durch den Raum. Percy spürte, wie sich seine Anspannung löste, als er sich im neuen Umfeld um blickte.

„Was willst du trinken?" fragte Sabrina, während sie an die Bar traten. „Ich empfehle dir den Mojito. Er ist der beste der Stadt!"
„Klingt nach einem Plan," erwiderte Percy und grinste. Während sie bestellten, bemerkte er, wie ihre Hände sich für einen Moment berührten, als sie gleichzeitig nach dem Glas griffen. Ein kleiner elektrischer Schock durchfuhr ihn und er konnte nicht anders, als in ihre strahlenden grünen Augen zu schauen.

Die Cocktails kamen und sie machten sich auf den Weg zu einem freien Tisch. Als sie sich setzten, spürte Percy, wie das Lachen und die Unterhaltung um ihn herum eine Wärme in ihm auslösten. „Also, was steht als Nächstes auf dem Programm?" fragte er, seine Stimme voller Neugierde.

„Ich habe gehört, dass es hier heute Karaoke-Nacht ist," sagte Alina mit einem schelmischen Grinsen. „Ich könnte mir vorstellen, dass wir dort ein bisschen Spaß haben sollten."

„Karaoke?" Percy schüttelte den Kopf und lachte. „Auf gar keinen Fall. Das ist meine persönliche Hölle auf Erden - oder zumindest die, für alle, die zuhören müssen."

"Na dann haben wir wohl Glück - Karaoke ist hier erst morgen", wies Sabrina auf ein Schild hinter der Bar hin. Luca sah auf das Schild, dann auf seine Uhr, wieder auf das Schild und dann wieder auf seine Uhr, bevor er seinen Gedanken teilte: " Es ist 23:30 Uhr. Heißt das, in 30 Minuten geht hier Karaoke los?" Alina sah ihn belustigt an. "Ich glaube nicht." Luca war mit dieser Antwort sichtbar unzufrieden und machte sich auf den

Weg, die Barkeeperin zu fragen, ob er mit seiner Theorie Recht hatte.

Einige Augenblicke später kam er wieder zurück. "Du hattest Recht, das ist erst morgen Abend, nicht heute Nacht. Aber die liebe Frau hinter der Theke war sehr dankbar für meinen Tipp, dass es sehr verwirrend geschrieben ist." Ein, vom Alkohol befeuert, leicht selbstgefälliges Grinsen zierte sein Gesicht, als er sich wieder setzte. Der Abend ging weiter und die Musik ließ sie nicht stillsitzen. Sie tanzten, lachten und genossen jeden Moment. Als es schließlich spät wurde, bot Sabrina Percy an, er könne gerne bei Ihr übernachten und so machten sich die beiden nach dem Verabschieden von Luca und Alina auf den Heimweg. Einige Minuten später kamen sie bei Sabrinas kleinen Wohnung an. "Schön hast du es hier", meinte Percy. "Oh danke, willst du noch etwas trinken?"

"Hab zwar eigentlich schon genug, aber ein Absacker kann ja auch nicht mehr schaden, oder?"

Percy versuchte sich die Vorfreude nicht anmerken zu lassen, bis Sabrina den Raum verließ und dabei sagte: "Ich hol dir schnell Bettzeug für die Couch, bediene dich einfach an meinem Kühlschrank."

"Ah ok, ja klar, danke." Obwohl sein betrunkenes Gehirn auch gerne bei Sabrina im Bett geschlafen hätte, war er mit der Couch völlig zufrieden. Sabrina gefiel ihm wirklich und so war er mit Ausgang des Abends und vor allem damit sie kennengelernt zu haben, überglücklich. Er war gespannt darauf, was die Zukunft bringen würde.

Kapitel 5: Der Weg zum Schattengrat

Die ersten Sonnenstrahlen durchbrachen die dichten Wolken und tauchten die virtuelle Landschaft in ein sanftes, goldenes Licht. Anton, mit seinem Schwert in der Hand, stand an der grünen Wiese von Grüne Au. Bereit, den ersten Schritt auf seinem Abenteuer zum Schattengrat zu machen. Glücklicherweise haben sich die Entwickler offenbar dazu entschlossen, Spieler nach dem Trinken nicht mit einem Kater zu bestrafen. Seine Vorfreude darauf, endlich das Zaubern zu lernen, vermischte sich mit der drückenden Anspannung des bevorstehenden Kampfes. Er wusste, dass der Weg nicht einfach sein würde und dass sich ihm diverse kleine Gegner in den Weg stellen würden.

Kaum hatte er den ersten Schritt gemacht, schob sich ein Wildschwein mit leuchtenden Augen aus dem Unterholz. Es schnaubte und sah ihn provokant an, als würde es ihn herausfordern. Anton schüttelte den Kopf. "Ernsthaft? Jetzt schon?", murmelte er und zog sein Schwert.

Mit einem entschlossenen Schritt näherte er sich dem Wildschwein. Der Boden unter seinen Füßen war fest und die frische Luft roch nach Gras und Erde. Plötzlich stürmte das Wildschwein auf ihn zu, seine scharfen Hauer blitzten im Licht. Anton wusste, dass er jetzt schnell handeln musste. Er ging in die Hocke und wich dem ersten Angriff aus, während das Tier mit voller Wucht an ihm vorbei sauste. Der Moment des Zögerns war vorbei – jetzt musste er zuschlagen.

Er sprang auf, wirbelte sein Schwert und versuchte, den ersten Treffer zu landen. Das Wildschwein war jedoch flink und wich seinen Angriffen geschickt aus. Ein kurzer, hektischer Kampf entbrannte zwischen Anton und dem Tier. Anton konzentrierte sich darauf, die Bewegungen des Wildschweins zu lesen. Er spürte das Adrenalin in seinen Adern, während er die Schläge des Tiers abwehrte.

Nach mehreren Minuten voller Hektik und präziser Bewegungen fand Anton schließlich die Gelegenheit. Er stellte sich so auf, dass das Wildschwein direkt auf ihn zustürmte und in dem Moment, als es sich ihm näherte, vollführte er einen geschickten Schlag, der das Tier direkt an der Flanke traf. Das Wildschwein quiekte auf und stürzte zu Boden, während Anton sich sofort umdrehte, um auf einen weiteren Angriff gefasst zu sein. Doch der Kampf war vorbei.

Als er das Wildschwein betrachtete, spürte er die Erleichterung, dass er den Kampf gewonnen hatte. Neben dem leblosen Körper des Tieres erschien plötzlich ein kleiner Heiltrank, der sanft auf dem Boden leuchtete. "Na immerhin etwas," dachte er, als er den Trank aufhob und ihn sicher in seinem Inventar verstaute. Dieser würde ihm sicherlich nützlich sein, sollte er in den kommenden Kämpfen weiter auf Widerstand stoßen.

Der Weg führte ihn durch dichte Wälder und über hügelige Wiesen, wo er gelegentlich auf weitere Gegner stieß. Ein paar Goblins, die in der Nähe einer alten Ruine patrouillierten, boten ein wenig mehr Herausforderung. Sie waren flink und schlau, aber Anton war entschlossen. Mit einem geschickten Schwung seines Schwertes und einer schnellen Kombination von Ausweichmanövern schaffte er es, sie zu besiegen. Als er die Klingen ihrer Waffen aus dem Gras sammelte, bemerkte er, dass ein Goblin einen kleinen Schlüssel an seinem Gürtel trug. "Was für ein

Zufall", dachte Anton, "vielleicht gibt es irgendwo eine Schatztruhe."

Nach einiger Zeit näherte sich Anton einer tiefen Schlucht. Die steilen Wände ragen auf beiden Seiten in den Himmel und der reißende Fluss, der durch die Schlucht floss, grollte bedrohlich. Vor ihm spannte sich eine schmale, wackelige Brücke über den Abgrund. Anton zögerte einen Moment, als er sich fragte, ob es wirklich klug war, diese Brücke zu überqueren. „Es sieht nicht sicher aus, aber zurückgehen kann ich nicht", murmelte er und trat vor.

Kaum hatte er die Brücke betreten, spürte er das Schwanken unter seinen Füßen. Plötzlich ertönte eine tiefe Stimme hinter ihm: "Ich Franz – Ich bewachen Brücke!" Ein großer Troll mit zerzaustem, grünem Haar stand am anderen Ende der Brücke und blickte Anton mit funkelnden Augen an. „Franz lassen niemanden über die Brücke!"

Anton hielt inne und schüttelte den Kopf. Ein NPC? Er starrte den Troll an, der mit seinen großen, kräftigen Händen auf die Brücke deutete. „Was ist hier los? Ich wollte nur zum Schattengrat!"

„Kein Durchgang!", grummelte Franz und verschränkte seine massiven Arme vor seiner Brust. „Franz bewacht diese Brücke und Franz lässt niemanden über die Brücke!"

Anton versuchte, die Situation zu analysieren. Der Troll war nicht gerade der klügste NPC, den er je getroffen hatte, aber seine Statur war beeindruckend. In einem Kampf gegen dieses Ungetüm hätte er, zumindest ohne Magie, keine Chance. „Und was, wenn ich dir sage, dass ich ein mächtiger Krieger bin? Ich könnte dich mit einem Schlag besiegen!"

Franz schüttelte den Kopf. „Franz lassen sich nicht einschüchtern! Du kein mächtiger Krieger - Du Magier ohne Magie - Franz können dich machen kaputt!"

Anton atmete tief durch und überlegte. Er war sich sicher, dass NPC's eine bestimmte Programmierung haben und nicht so kreativ wie dieser Troll sein können. „Okay, wie wäre es mit einem Deal? Ich könnte dir helfen, wenn du mich über die Brücke lässt!"

„Franz brauchen keine Hilfe! Franz sind stark!", rief der Troll und stemmte seine Hände in die Hüften. Anton war jetzt echt verwirrt. Wie konnte ein NPC so viel Persönlichkeit haben?

„Du weißt schon, dass das nicht die Art von Verhalten ist, die man von einem NPC erwartet, oder?", fragte Anton skeptisch.

„NPC? Was soll das sein? "Franz sind Troll!", erwiderte Franz und blickte ihn ernst an. Anton spürte, dass sich hier etwas nicht zusammenfügte. Vielleicht war er doch kein einfacher NPC, sondern ein Spieler, der nur einen Streich spielte. Aber warum?

Anton versuchte mehr Informationen zu bekommen. „Und was machst du, wenn ich dir sage, dass ich die Aufgabe habe, das Zaubern zu lernen?"

„Zauberer? Ha! Magier können nicht mal über die Brücke klettern!", rief Franz und lachte laut. Anton fühlte sich herausgefordert. Er wusste, dass er sich nicht einschüchtern lassen durfte, selbst wenn es schien, als ob dieser Troll ein wenig mehr über seine Rolle wusste als die meisten NPCs.

„Warum sollte ich dich dafür interessieren? Was, wenn ich dir sage, dass ich einen wertvollen Schatz im Schattengrat finden kann?"

Franz dachte einen Moment nach und Anton konnte sehen, wie sich der Troll bemühte, seine Gedanken zu ordnen. „Schatz? Woher weißt du das?"

„Das bleibt mein Geheimnis, aber ich kann dir versichern, dass es sich lohnt!"

„Franz wollen Schatz!", rief der Troll und seine Augen leuchteten. „Franz kommen mit?"

„Aber vorher erklärst du mir, warum du dich als NPC ausgibst", schlug Anton vor, erfreut über den plötzlichen Sinneswandel.

„Schatz! Das klingt gut!", rief Franz begeistert.

Anton war bereit und sein Kopf arbeitete. „Okay also warum das ganze?"

Franz kratzte sich am Kopf und dachte nach, während Anton geduldig wartete. Nach einer Weile rief der Troll: „Die ganzen Magier Spieler sind alles arrogante Idioten.

Ich finde es lustig, sie zu ärgern, die meisten drehen sich wieder um und suchen einen anderen Weg. Wenn sie dann nach Stunden bemerken, dass es keinen gibt, kommen sie zurück und ich lache sie aus und lasse sie gegen eine Bezahlung rüber!"

„HAHAHA!", rief Anton und konnte ein Gefühl der Erleichterung und Freude in seinem Bauch spüren. "Aber was spielst du für eine Klasse?"
"Magier...." druckte Franz vor sich her. "Aber nur, weil ich es aus Versehen gewählt habe!"

„Was für ein Trottel. Aber eigentlich ganz nett", überlegte Anton. „Und falls noch andere Herausforderungen oder Spieler den Weg blockieren, ist so ein Troll sicher nicht die schlechteste Begleitung."

"Der Magier Lehrer der Menschen ist oben auf dem Berg, kannst du schon zaubern?" fragte Anton Franz.

"Ne ich hab die Standard Quest ignoriert und hab mir die Welt angeschaut und andere Spieler getrollt - GETROLLT - verstehst du? Aber langsam würde ich Magie schon gerne mal ausprobieren, muss ja wenigstens für irgendwas gut sein, dass ich Magier spiele, oder?"

"Ach du Scheisse, war das schlecht!" prustete Anton los: "Naja, dann lass uns doch einfach zusammen weiter gehen, ich glaub nicht, dass die echten NPCs schlau genug sind, um zu merken, dass das nicht deine Quest ist."

Franz trat zur Seite und ließ Anton passieren. „Gute Idee, ich komme mit! "Franz mag dich!"

Anton dankte ihm und ging über die Brücke. Hinter sich hörte er den Troll rufen: „Franz sind kein NPC! Franz sind Troll!"

Die beiden lachten, als Anton auf der anderen Seite der Brücke ankam. Nach einer kurzen Rast, um seine Energie wieder aufzuladen, machten sie sich auf den Weg zum Schattengrat. Die Atmosphäre wurde dichter und die Vorfreude auf Antons Brust wuchs, während sie sich dem Ziel näherten. Irgendetwas sagte ihm, dass er an diesem Tag nicht nur das Zaubern lernen, sondern auch neue Freundschaften schließen würde.

Und tatsächlich erreichen sie bereits kurze Zeit später eine einsame Hütte mit einem alten, merkwürdig aussehenden Kauz davor, auf der Hausbank sitzend.

Eine Pfeife in der Hand und eine blaue Rauchkringel ausstoßend. Der Geruch des Rauches war beinahe riechbar und Anton hatte sofort Lust, sich heute noch eine erste Probe seiner eigenen Ernte zu genehmigen. Doch erst wollte er dieses Level fertig spielen.

Sie traten auf den Mann zu und dieser visierte Anton mit eiskalten blauen Augen an, bevor er aufstand und den Mund öffnete, um zu sprechen.

Kapitel 6: Der Weg zur Magie

Der kühle Wind zog über die felsigen Anhöhen des Schattengrats, während Anton neben Franz stand und den alten, bärtigen Magier musterte, der sie mit einem skeptischen Blick beäugte. Der Zauberer trug eine tiefblaue Robe und sein langer, knorriger Stab war mit Runen übersät, die in einem schwachen Licht flimmerten. Ein Gewirr von magischen Energien lag in der Luft und Anton konnte das Pulsieren der Macht förmlich spüren.

„Ein Troll?", fragte der Magier und schüttelte den Kopf. „Warum sollte ich einem Troll das Zaubern beibringen?" Offensichtlich war er von der Bitte der beiden, sie in Magie zu unterrichten, nicht begeistert.

Anton räusperte sich nervös und trat einen Schritt nach vorne. „Nun, ich bin hier, um das Zaubern zu erlernen. Und...", zögerte er, während Franz mit verschränkten Armen und einem missmutigen Blick hinter ihm stand, „...mein Freund hier auch."

„Zaubern ist nichts für Trolle", erklärte der Magier streng. „Sie haben weder die geistige Disziplin noch die erforderliche Geduld. Es ist bereits genug, dass ich dich lehren soll. Du bist ein Magier, das verstehe ich, aber der Troll? Was hat er damit zu tun? Ein Troll soll sich von seinesgleichen in der stumpfen und aggressiven Magie seines Volkes unterrichten lassen!"

Anton überlegte. Wie konnte er den alten Mann überzeugen? Ein Magier, der von Prinzipien und Traditionen, sowie auch offensichtlich einer ordentlichen Portion Rassismus geleitet wurde, ließ sich nicht einfach umstimmen. Doch Anton erinnerte sich an seine Talentpunkte, besonders an den Charisma-Bonus, den er zu Beginn seines Abenteuers sorgfältig gewählt hatte. Es war jetzt an der Zeit, diese Karte zu spielen.

„Herr Magier...", begann Anton bemüht, möglichst selbstsicher und charmant zu wirken. „Trolle mögen zwar schwerfällig wirken, aber Franz hat ein großes

Herz und einen noch größeren Willen zu lernen. Er mag
es nicht zugeben, aber er hat es nicht leicht, als Troll
unter den Magiern. Vielleicht, wenn wir ihm nur eine
Chance geben, könnte er uns überraschen."

Der Magier blies durch die Nase und funkelte Franz an.
„Nennt mich nicht Herr Magier - ich bin Hansathor
Steinara. Ich habe schon viele Trolle gesehen, die
meinen Unterricht gestört haben. Sie sind nicht bekannt
für ihre Geduld oder ihren Verstand. Was macht deinen
Freund so besonders?"

„Er hat großes Potenzial", erwiderte Anton schnell.
„Und er ist loyal. Gemeinsam könnten wir vielleicht eine
neue Perspektive auf die Magie entwickeln. Und wenn
wir ihm eine Chance geben, könnte sich das Bild der
Trolle unter den Magiern vielleicht verändern." Anton
schob ein schelmisches Lächeln hinterher, in der
Hoffnung, den Magier damit zu überzeugen.

Franz grunzte unbeeindruckt, was Anton innerlich
zusammenzucken ließ. Doch der Magier musterte ihn
für einen langen Moment und schließlich hob er seinen
Stab an und deutete auf Anton. „Dein Charme ist
erstaunlich, junger Magier. Vielleicht ist er der Grund,
warum ich dir überhaupt eine Chance gebe. Aber ich

werde dem Troll keine vollwertige Magie lehren. "Grundlegende Zauber – mehr nicht."

Anton nickte eifrig. „Das ist vollkommen in Ordnung! "Er braucht nur die Grundlagen." Er atmete erleichtert auf, als der Magier schließlich bestimmt wurde.

Der Magier drehte sich um und deutete ihnen, ihm zu folgen. Sie gingen zu einer kleinen Lichtung hinter der Höhle des Magiers, wo sich eine Übungsfläche befand. „Die Kunst der Magie erfordert Konzentration und Geschick", erklärte der Hanstor, während er seinen Stab in den Boden stieß. „Jeder Zauber ist eine Kombination aus mentaler Stärke und präzisen Gesten. "Beobachtet."

Mit einer fließenden Bewegung hob der Magier die Hand, während er in Gedanken einige mystische Silben formte. Ein unsichtbarer Schild bildete sich um ihn und Anton konnte die Energie spüren, die durch die Luft flirrte. „Das ist ein Schutzzauber. "Nutze deine Gedanken, um die Energie zu formen, und deine Hand, um sie zu lenken."

Anton konzentrierte sich, hob seine Hand und versuchte, den Zauber zu wiederholen. Zunächst geschah nichts. Er atmete tief durch und versuchte es erneut, diesmal mit mehr Nachdruck. Langsam spürte er, wie die Magie durch seine Finger floss. Ein flimmernder, fast durchsichtiger Schild bildete sich vor ihm. Es war nicht so stark wie der des Magiers, aber es funktionierte.

Franz jedoch… Der Troll stand mit ausgestreckter Hand da, sein Gesicht verzogen in tiefer Konzentration. Nichts geschah. Der Magier lachte leise. „Trolle…"

Anton versuchte es mit einem ermutigenden Blick. „Weiter so, Franz. "Du schaffst das."

„Franz nicht sicher", grummelte der Troll. Aber nach einem weiteren Versuch flackerte ein schwaches Licht auf – ein Hauch von Magie, nicht mehr als eine Erahnung eines Schildes.

„Jetzt probieren wir etwas Offensives", sagte der Magier, ignorierte Franz und wandte sich an Anton. „Ein einfacher Feuerzauber. "Richte deine Energie auf dein Ziel und lass die Hitze durch dich fließen." Er schwang seinen Stab und entfachte einen kleinen Feuerball, der über die Lichtung flog und auf einen Baumstumpf traf, wo er in einem Schwall von Funken verpuffte.

Anton schloss die Augen und stellte sich die Hitze vor. Er hob seine Hand, dachte an das Feuer und... nichts passierte. Dann, mit einem Ruck, schoss ein Feuerball aus seiner Hand, nur um kurz vor dem Ziel zu verschwinden. Der Magier nickte. „Für den Anfang nicht schlecht. "Du wirst es meistern, mit der Zeit."

„Wird Franz auch Feuer machen?", fragte der Troll neugierig.

Der Magier zuckte die Schultern. „Zuerst musst du lernen, deinen Willen zu fokussieren. Aber wir werden einen anderen Zauber ausprobieren. Ein Zauber, um Dinge zum Schweben zu bringen. "Das könnte für dich einfacher sein, Franz." Der Magier sah zu Anton. „Ihr beide solltet lernen, die Energie um euch herum zu nutzen, um Objekte zu levitieren."

Er zeigte ihnen die Bewegungen, die notwendig waren, um den Zauber zu wirken. „Das Wichtigste ist, dass ihr die Energie nicht nur aufruft, sondern auch lenkt. "Zuerst werde ich es euch zeigen."

Mit einem weiteren Schwung seines Stabes ließ der Magier einen kleinen Stein in die Luft schweben, der sanft hin und her schwang. „Jetzt seid ihr dran. Denkt an das Objekt, konzentriert euch darauf und formt eure Gedanken. "Macht es leicht, als würde es einfach durch die Luft getragen werden."

Anton schloss die Augen und stellte sich den Stein vor. Er hob seine Hand und fühlte die Magie durch seine Fingerspitzen pulsieren. Langsam schwebte der Stein einige Zentimeter über dem Boden. Es war ein einfacher Zauber, aber das Gefühl war berauschend.

Franz hingegen schüttelte seinen Kopf und kniff die Augen zusammen. „Franz nicht verstehen…"
„Versuche es einfach, Franz! "Du kannst das!"", ermutigte Anton ihn. Der Troll atmete tief ein, hob seine Hand und konzentrierte sich. Nach einem Moment des Zögerns schwebte ein kleiner Stein vor ihm, umgeben von einem schwachen, glühenden Licht.

Der Magier nickte zufrieden. „Ihr lernt schnell. Aber denkt daran: Magie ist nicht unbegrenzt. Sie erschöpft euch, je mehr ihr sie verwendet. Hört auf euren Körper. "Wenn ihr euch müde fühlt, dann lasst es sein."

Anton nickte, während er weiter übte. Er hatte das Gefühl, dass die Grundlagen der Magie in greifbarer

Nähe waren. Doch bei jedem zweiten oder dritten Versuch bemerkte er ein kleines Ruckeln in der Luft, als ob die Zauber kurz stockten oder nicht ganz so funktionierten, wie sie sollten. Einmal verschwand der Feuerball einfach komplett, ohne zu explodieren. Ein anderes Mal flackerte der Schild seltsam auf und ab, als wäre er nicht richtig verankert.

„Franz Schild wackeln", murmelte der Troll, während er weiterhin versuchte, das Levitationstraining zu meistern.

Anton warf einen Blick über die Schulter zum Magier, der die beiden aufmerksam beobachtete. „Seid nicht zu besorgt, die Technik braucht Zeit", meinte der Magier und winkte ab. „Ihr seid beide keine Naturtalente, aber mit genügend Übung werdet ihr die nötigen Fähigkeiten erlangen.

„Danke", sagte Anton dankbar und verbeugte sich leicht. „Ich werde hart an mir arbeiten!"

„Franz sind jetzt Magier-Troll", rief der Troll stolz, auch wenn der Magier die Augen verdrehte.

Während sie sich zum Aufbruch bereit machten, spürte Anton jedoch, dass etwas nicht stimmte. Diese seltsamen Bugs, die während des Trainings auftraten, ließen ihn nicht los. Aber er schob die Gedanken beiseite. Der Weg zur Magie war beschritten und die Herausforderungen, die auf sie warteten, schienen in greifbarer Nähe zu sein. Anton war fest entschlossen, diese neuen Fähigkeiten zu meistern, egal, was auch kommen mochte.

"Warum tust du eigentlich immer noch, als wärst du ein Troll Franz?", fragte Anton neugierig.

"Wenn Franz spielt Rollenspiel - Franz spielt richtig", entgegnete der Troll mit einem leicht überheblichen Gesichtsausdruck. "Ich fand es einfach witziger so und das sollte doch das Ziel sein, oder?".

"Ja, da hast du wahrscheinlich recht - vielleicht sollte ich das auch etwas mehr versuchen", erwiderte Anton.

"Franz fände gut, wenn ein Freund mehr spielt - Wie heißen Freund eigentlich?"

"Oh in echt oder im Spiel?" fragte Anton seinen neuen Freund.

"Franz nur wollen wissen, wie er ihn ansprechen muss", erklärte ihm dieser. "Ah, im echten Leben Anton. Mein Spielername ist HofmagierDML."

„Was sein ein DML?" fragte Franz zurück. "DML ist die Abkürzung für „des Märchenlandes", also „Hofmagier des Märchenlandes". Das ist so ein Insider mit ein paar

Freunden. Wir haben auch einen Bischof, eine Richterin, einen Hofkutscher, einen Braumeister, einen König und einen Druiden. Zu unserer Zoologin und Friedenswächterin haben wir keinen Kontakt mehr."

„Hören sich lustig an - vielleicht kommt Franz auch eines Tages in das Märchenland?"

"Sehr gerne, aber das muss ich mit dem Hofstaat und dem König besprechen" lachte Anton. "Mal kurz außerhalb unserer Rollen - wie gefällt dir das Spiel bisher?".

"Genial, es ist mindestens so gut, wie ich erwartet habe."

"Ich spiele seit drei Tagen so viel es geht." Blöd nur, dass man nach acht Stunden automatisch für zwölf Stunden ausgeloggt wird", sagte der Troll plötzlich ganz normal. " Was, wirklich? Wie blöd ist das denn?!?!? "Ich kann ja wohl selbst entscheiden, wie lange ich spiele!", erwiderte Anton ungläubig. "Ja, ist das so?", fragte Franz. „Nimm mal dein Headset runter und schau auf die Uhr", antwortete er. "ACH DU SCHEISSE! Es ist fast viertel vor 4 Uhr morgens!", fluchte Anton plötzlich los. "Ja, so ist das."

"Die Zeit vergeht wirklich." In diesem Moment sah Anton in seinem linken oberen Blickfeld eine Warnanzeige: ACHTUNG! SIE WERDEN IN 15 MINUTEN AUTOMATISCH AUSGELOGGT! "Bringen Sie Ihren

Charakter in Sicherheit!" Es stand dort tatsächlich in fetten, roten Lettern.

"Charakter in Sicherheit bringen?", sah er Franz fragend an.

"Ja außerhalb von Safezones, wie den Stadtregionen und gewissen Bereichen in Städten wie Gasthäusern und solchem Zeug, ist deine Figur immer angreifbar." erläuterte Franz hilfsbereit. "Ja und was tue ich jetzt?"

"Was tun *wir,* wäre die bessere Frage. Bei mir ist es in zehn Minuten soweit", raunte der Troll. "Ich habe da eine Idee! Wir fragen den Magier, ob wir in seiner Hütte bleiben können, da sind wir sicher. Das erkennst du an dem Schild-Symbol über der Tür. "Willst du nochmal dein Charisma spielen lassen?"

"Klar, warte hier kurz!", meinte Anton.

Einige Minuten später saßen die beiden Eintopf schlürfend auf dem Boden der Hütte des Magiers, der ihnen von seinen vergangenen Heldentaten erzählte. Anton wurde den Verdacht nicht los, dass der Magier nicht so toll und mächtig ist, wie er sich gibt, da der Großteil der Geschichten einfach nur sinnlos und ohne jede Logik war. Dennoch konnte er etwas von ihm lernen, daher war er zufrieden. "Wollen wir morgen zusammen weiterspielen?", fragte er seinen neuen Freund Franz. "Gerne, sagen wir 19:00 Uhr?", schmatzte dieser. Noch bevor er sagen konnte, dass er erst später konnte, erstarrte der Troll in der Bewegung - er war wohl ausgeloggt worden. Anton genoss die letzten Minuten in Iltharia und lauschte den Geschichten von Hansathor über die vergangenen Zeiten in dieser Welt.

Bis sein Bildschirm ebenfalls schwarz wurde.

Kapitel 7: Unter Wasser

"So - heute mal wieder Speerspitzen Training!" rief Kevin enthusiastisch, als er drei Pressluftflaschen in sein Auto lud. "Ich bin auch heiß wie eine Herdplatte", unterstreicht Percy seine Aussage. "Jungs, wisst ihr, wo meine Flossen sind?" rief Anton plötzlich aus dem Inneren der Garage. Kevin rollte beinahe hörbar seine Augen nach oben und schüttelte seinen Kopf so, dass seine kurzen, leicht gelockten Haare in Bewegung kamen. "Hast du sie beim letzten Mal vergessen?" fragte er ihn. "Mhm, kann auch sein - ja fahr ma einfach, im Notfall nehm ich die Reserve Flossen", antwortete Anton.

"Na dann, aufsatteln und Abfahrt" gab Kevin in einem fast schon befehlsartigen Ton an. "Jawohl Herr General Kevin", kam es wie aus einem Mund von Percy und Anton, während sie sich ein Wettrennen um den

Beifahrersitz lieferten. Percy gewann dieses nur knapp durch einen taktischen Zwischensprint.

Die Sonne stand hoch am Himmel und schien durch die Baumwipfel hindurch auf den glitzernden Eibsee. Es war Sonntagmittag. Die drei standen am Ufer und bereiteten sich auf ihren Tauchgang vor. Das Wasser war kristallklar und die Stimmung gelöst – eine willkommene Abwechslung zu den vergangenen stressigen Tagen.

„Echt geil, dass wir es doch mal wieder geschafft haben. Warum eigentlich erst jetzt?", fragte Kevin, während er seine Ausrüstung überprüfte. Sein Gesichtsausdruck war leicht spöttisch, aber ein schelmisches Grinsen umspielte seine Lippen.

„Das kommt ausgerechnet von dir, Mister: *„Ich-würde-auch-Speeddating-mit-mir-selbst-überstehen* ?" Percy grinste breit und klopfte Kevin freundschaftlich auf die Schulter. „Du hast doch die letzten drei Mal abgesagt, weil dir das Wasser zu kalt war - trotz Trocki du Mimose."

Anton schmunzelte, während er den letzten Gurt an seinem Tauchjacket festzurrte. „Ihr beide seid wie ein altes Ehepaar. Und was das Tauchen angeht, das war tatsächlich meine Idee. "Wir haben schließlich schon viel zu lange keinen vernünftigen Tauchgang mehr gemacht."

Die drei lachten und setzten ihre Ausrüstung auf. Sie ließen sich rücklings ins Wasser gleiten und tauchten in die stille, schimmernde Welt unter der Oberfläche. Fische zogen gemächlich ihre Bahnen und das Sonnenlicht brach sich in Wellen an den Steinen und Pflanzen. Es war friedlich, fast magisch – für eine Weile schienen alle Sorgen in der Schwerelosigkeit zu verblassen.

Nach dem Tauchgang stiegen sie wieder aus dem Wasser und ließen sich auf den umliegenden Felsen nieder, um ihre Ausrüstung abzulegen und zu trocknen. „Mann, das war fantastisch", schwärmte Percy, während er sich das Handtuch über die Schultern legte. „Wir sollten das wirklich öfter machen!"

„Auf jeden Fall", pflichtete Kevin bei und zog sich sein T-Shirt über. „Eigentlich hätte ich Lust noch was zu essen. Was meint ihr, kommt ihr mit?"

„Klar, klingt gut. Auch, wenn du vielleicht deinen Astralkörper nicht mehr füttern müsstest. 16 zu 8 Fasten scheint wahnsinnig effektiv bei dir zu sein", antwortete Percy. „Was ist mit dir, Anton?", schob er hinterher, bevor Kevin die Chance hatte zu kontern.

Anton zögerte einen Moment. „Ich... äh, ich kann leider nicht. Ich habe schon etwas vor", stammelte er und vermied dabei, den beiden direkt in die Augen zu schauen.

Kevin hob skeptisch eine Augenbraue. „Schon was vor? Was ist denn so wichtig, dass du uns für heute Abend versetzen musst?", fragte er Anton neugierig.

„Es ist..." Anton druckste so lange rum, bis Kevin definitiv außer Hörweite war, als er seine Ausrüstung im Auto verstaute. "Ich bin Beta-Tester für ein neues VR-Spiel und habe mich für 19:00 Uhr mit einem anderen Spieler Ingame verabredet", vertraute er sich Percy leise an.
"DU MEINST ABER NICHT *ILTHARIA* ODER?!?!?!?" rief Percy fast eine Spur zu laut.

"Doch - ist das nicht cool?", freute sich Anton. „Aber erzähl bloß niemanden etwas davon, ich musste mega die Geheimhaltungserklärung unterschreiben."

"Du weißt, dass das das Spiel ist, was Alina, die alte Freundin von mir, entwickelt hat, oder?", fragte Percy Anton grinsend. "Ach stimmt, da war ja was - Hab ich gar nicht mehr auf dem Schirm gehabt, krass! Das Spiel ist wirklich genial. Ich würde ja sagen, sprich ihr mein Lob aus, aber dann hätte ich wohl ein Problem mit der Geheimhaltung", lachte Anton.

"Warst du nicht mit ihr und ihrem Team gestern in München feiern?", fiel ihm dabei ein. Plötzlich kam Kevin von hinten, als er die nächste Ladung seines Zeugs weg trug. "Wie wär's, wenn ihr zumindest mithelfen würdet, während ihr Weiber Ratsch haltet?", stachelte Kevin die beiden mit einem leichten Grinsen im Gesicht an. "Lasst mich alten Mann hier ruhig alleine arbeiten!" Percy schüttelte nur den Kopf und erwiderte: "Du bist vier Jahre jünger als wir - stell dich nicht so an! Aber ja, klar. "Komm Anton, wir räumen auf. Dann kommen wir schneller weiter - ich hab Hunger".

"Kommst du jetzt mit Toni?", wollte Kevin wissen. Antons unsicheren Blick bemerkend, antwortete Percy für ihn: "Na, er hat a Date."

„Pff, seine Tauch Kameraden für ein Mädel sitzen zu lassen - nächstes Mal dreh ich dir die Flasche ab!", scherzte Kevin. "Mit dieser Viola wieder, oder?" Dankbar für die Rettung, bestätigte Anton diese falsche Annahme und war froh, dass das Thema nicht weiter angegangen wurde. Er wollte nur noch möglichst schnell alles aufräumen, sodass er pünktlich zu seiner Verabredung mit Franz dem Troll kam.

Eine gute Stunde später saß er frisch geduscht am Tisch in seiner Wohnung und verleibte sich eine Packung Chickenwings aus dem Airfryer ein. Das war weder aus gesundheitlicher oder moralischer Sicht ein gutes Abendessen, aber eins seiner Guilty Pleasures. Dass Kevin ihn mit den Knoblauch Parmesan Wings seines Lieblingsrestaurants ärgern wollte, da er nicht mitgekommen war, gab ihm zumindest einen Vorwand, den Gefrierschrank zu plündern. „18:40 Uhr", las er von seinem Handydisplay ab, gemeinsam mit der Nachricht von Percy: "Viel Spaß beim Zocken!" Unter der Nachricht folgte ein Bild von Kevin und ihm mit jeweils einem Bier, Burgern und Chicken Wings. Normalerweise wäre er sofort dabei gewesen, aber *Iltharia* hatte ihn fasziniert und er wollte weiterspielen. Den ganzen Tag hatte er überlegt, was er heute tun sollte. Die große Idee blieb jedoch noch aus. Vielleicht gab ihnen der Magier ja eine Quest oder Franz hatte eine Idee - Ansonsten würde er entweder den Berg

fertig erklimmen oder zurück nach „Grüne Au" ziehen.
Dort würde er sicher entweder eine Mission finden oder
zumindest eine Straße, die in eine Stadt führen würde.
Auf dem Weg könnte er die Augen aufhalten, vielleicht
findet er ja die Truhe, deren Schlüssel er den toten
Fingern des Goblins entrissen hatte. Aber was für eine
Stadt sollte er ansteuern? Wieso gab es eigentlich keine
Main Quest? Er brauchte zum richtigen Weiterspielen
entweder einen roten Faden durch das Spiel oder
zumindest eine Karte der Welt, in der er war. 18:45 Uhr,
zeigte das Display seines Smartphones an. Er wollte die
letzten verbleibenden Minuten nutzen, um kurz mit
seiner Freundin zu telefonieren, die gerade für ein
Auslandssemester in Australien war. Sie würde nicht
begeistert sein, dass er nicht mehr Zeit hatte, aber er
wollte Franz nicht warten lassen. So setzte er um 18:59
Uhr sein Headset auf und startete das Spiel. Nach einer
kurzen Ladezeit sah er, dass er wie erwartet wieder in
der Hütte des Magiers war. Von diesem selbst, so wie
auch von Franz, fehlte jede Spur - aber dafür sah er
eine andere Gestalt ihm gegenüber - Eine hübsche
weibliche Elfe. Erschrocken griff er mit der einen Hand
nach seinem Schwert und führte mit der anderen Hand
ungeschickt das Handzeichen für den Schildzauber
durch. "Keine Panik", lachte ihn die Elfe an. "Ich bin
Sabrina, eine Kollegin von Luca, den kennst du ja

bereits."Ich bin auch eine Entwicklerin des Spiels und wollte nur kurz nach dir sehen und ein bisschen Feedback abholen."

"Oh gut - ich hatte schon Angst", antwortete Anton erleichtert. "Wie ich Luca schon gesagt habe, ein absolut tolles Spiel - auch, wenn ich gestern beim Zaubern einige kleinere Grafikfehler bemerkt habe und nicht weiß, wie ich das Spiel weiterspielen soll." Er schilderte ihr seine Gedanken, die sie sich in Ruhe anhörte. In dem Moment, als sie den Mund zum Antworten öffnete, geschah das Skurrilste, was er in einem Spiel je gesehen hatte. Plötzlich materialisierte sich die gewaltige Gestalt von Franz in der zierlichen Figur der Elfin.

"Franz zu spät - Franz tun leid", kam es plötzlich aus dem einen halben Meter über dem von Sabrina ragenden Kopf des Trolls. Die Elf- Troll Mischung stand immer noch unbewegt, bis Sabrina einen Schritt zur Seite trat, was Franz wohl einen gehörigen Schrecken bescherte. Er versuchte sofort einen Feuerball nach ihr zu werfen und gleichzeitig mit seiner Keule, die fast so groß wie Anton war, nach ihr zu schlagen. Anton rechnete mit dem schlimmsten und rief noch, dass sie eine Entwicklerin ist aber Sabrina handelte selbst und fing den lächerlichen Versuch eines Feuerballs auf, saugte die Magie in sich auf und stoppte die Keule mit einer Hand und spielender Leichtigkeit. Sie prustete los: "Ich bins! Hab ich dich erschreckt Franz?"

"Entschuldige, ich hatte mich, als ich gesehen habe, dass Anton sich eingeloggt hat, auf deinen Log Out Punkt teleportiert, um mit ihm zu reden. Aber, wenn du auch da bist, spare ich mir gleich noch einen Besuch - wie läufts bei dir im Spiel so?" Offensichtlich kannten sich die beiden bereits, dachte Anton, während Franz sein Feedback abgab. In ganz normaler Sprache nebenbei. Auch er meldete die kleinen Grafikfehler, aber auch etwas von einem Haus in einer Stadt namens Partenum, welches er wegen unsichtbaren Mauern nicht betreten konnte. Beim Erwähnen der Barrieren verhärtete sich Sabrinas Gesichtsausdruck kurz, als wäre ihr klar geworden, dass viel Arbeit auf sie zukommt. "Ah ok, ich verstehe - ich kümmere mich darum." Sabrina beruhigte ihn: "Danke, dir auch Anton und wegen deiner Frage, du kannst weiterspielen, wie du möchtest." Der Magier hier wird dir, zumindest vorerst, nichts beibringen können. Quests sollte er eigentlich auch keine für dich haben. Nach Grüne Au zurück zu gehen und von dort in eine Stadt wie Partanum, halte ich für die beste Idee. "Und ja, eine Karte könnte ich euch geben, aber wo bliebe denn da der Spaß?", neckte sie die beiden.

"Du bist fies! Aber ich versteh dich schon." gab Anton zurück. "Franz, was sagst du? Was sollen wir heute im Spiel machen?" "Franz war im Partenum - von dort aus viele Wege - Viele Aufgaben - Partenum gute Idee!", blaffte er, wieder in seiner Rolle des Trolls zurück. "Na dann wünsche ich euch viel Spaß bei euren Abenteuern!", verabschiedete sich Sabrina und noch bevor die beiden antworten konnten, verschwand ihr Charakter.

"Wenn du bereit bist, können wir losziehen. Franz - Wir sollten unterwegs die Augen offen halten. Ich habe zwei von zwei Goblins einen Schlüssel abgenommen. Vielleicht finden wir eine Truhe. "Plan gut, Franz dabei", war alles, was er sagte, bevor er den Kopf einzug, um ihn sich nicht anzuschlagen, durch die Tür ging und draußen auf Anton wartete, der ihm direkt folgte. „Na dann zurück nach Grünau, auf nach Partenum", dachte er sich, als er die kleine Hütte verließ und sich in die Welt, die heute von Regen und Nieselregen sowie einem widerlichen kalten Wind durchzogen war, nach draußen machte.

Kapitel 8: Ein Troll dreht hohl

Alina saß in ihrem Büro im siebten Stock eines Münchners Büro Komplex. So schön die Aussicht über die Altstadt und die Möglichkeit der Arbeit in einer Metropole wie dieser auch waren, vermisste sie die Berge. Am liebsten würde sie einfach Homeoffice für das ganze Team anordnen und sich nur noch per Teams regelmäßig zusammenschalten. Aber ihre Investoren hielten sie an der kurzen Leine. Irgendwo auch verständlich, bei den Unsummen, die in ihr Projekt geflossen sind. Zu viel Geld stand auf dem Spiel. Bis vor kurzem war auch eigentlich alles reibungslos verlaufen. Der Start der Beta-Phase war, wie erwartet, ein voller Erfolg und die ersten Feedbacks der Tester verschafften ihr eine Verschnaufpause von den Blutsaugern, die sie bezahlten. Wenn ihr Spiel ein Erfolg werden sollte, würde das die VR- und Spielewelt revolutionieren. Auch die Konkurrenz hatte mittlerweile Wind davon bekommen und so erhielt sie regelmäßig Anfragen, ob sie ihr Projekt nicht verkaufen oder damit zu einer größeren Firma wechseln wollte. Sie hatte alle Angebote bisher abgelehnt und plante nicht das ganze zu ändern. In letzter Zeit war es allerdings erstaunlich ruhig in dieser Richtung gewesen - fast schon zu ruhig. Merkwürdigerweise erhalten sie auch seit zwei Tagen immer häufiger Meldungen von Bugs. Meist nur harmlose Grafikfehler, aber teilweise verhielten sich auch NPC's anders, als sie sollten. Bis jetzt gab es aber noch nichts, was sie nicht wieder hätten reparieren können. Luca und Sabrina waren ihr hierbei eine gewaltige Hilfe. Alleine hätte sie das alles nie schaffen können. "Jetzt ist schon wieder einer kaputt", rief ihr Sabrina noch im Betreten Ihres Büros entgegen. "Der Dorfälteste im Troll Dorf, der für das Tutorial zuständig ist, dreht am Rad. Er versucht alle Troll-Spieler, die das Startdorf besuchen, für einen Krieg gegen die anderen Völker zu mobilisieren. "Wir könnten das auch als Story verkaufen, aber dann müssen wir uns überlegen, wie es weitergeht." Alina runzelte die Stirn. "Vielleicht können wir das später machen, die Idee ist eigentlich lustig, aber vorerst sollten wir zusehen, dass alles nach Plan weiterläuft." Sabrina nickte, offensichtlich jedoch etwas enttäuscht, und teilte mit, dass sie sich sofort an die Arbeit machen würde.

Langsam wurde Alina etwas unruhig. Bugs dieser Art treten für gewöhnlich zumindest nicht so häufig auf. Sie würde mal den Code des aktuellen Spiels mit einer Pre-Beta Version vergleichen. Irgendwo mussten sie einen Fehler gemacht haben.

Kapitel 9: Der Aufstieg

Hansathor stand im Regen vor seiner Hütte, als Anton und Franz hinaustreten. Irgendwas hatte sich am Ausdruck des Magiers geändert. Er sah sie weniger von oben herab an als noch gestern. Sie waren erst einige Schritte aus der Hütte hinaus getreten, als er begann zu sprechen. "Da seid ihr ja wieder - meine alten Schüler! Ich erinnere mich an den Tag eurer ersten Stunde, als wäre es gestern gewesen." Anton war verwirrt und antwortete trocken: "Ja, weil es gestern war!"

"Ach, HofmagierDML - euer Humor ist wie immer erfrischend. Nun, wie dem auch sei, ich habe wie versprochen eine Aufgabe für euch. Wie ihr wisst, steht meine Hütte nicht zufällig hier am Schattengrat - nein, ich wohne hier, um die Bestie des Berges zu bewachen. Sie schläft zwar seit Jahrhunderten, aber sollte sie aufwachen, wird sie großes Unheil über Iltariha bringen. Daher lege ich regelmäßig einen mächtigen Schlafzauber über sie. Mittlerweile ist mir allerdings der Weg den Berg hinauf zu anstrengend. Ihr beide müsst das für mich übernehmen. Den Zauber kennt ihr doch, oder?" Noch bevor Anton antworten konnte, kam ihm Franz voraus: "Franz nix kennen Schlafzauber, Franz können Schnarchen aber mehr nicht. Franz lernen aber gern."

"Hört sich cool an", gab Anton zurück. "Ich dachte nicht, dass ich so schnell so eine coole Quest bekommen würde", freut er sich. "Ihr habt bisher alles geschafft - natürlich bekommt ihr eine so wichtige Aufgabe", meinte Hansathor. Anton war sich nicht sicher, ob er nachhaken sollte, da er doch gerade erst mit dem Spiel begonnen hatte. Der Zauberer nahm ihm diese Entscheidung ab, da er bereits damit begann, Franz den Schlafzauber beizubringen. Dieser war um ein Vielfaches schwieriger als die Zauber, die sie bisher gelernt hatten, und es war beiden so gut wie unmöglich, die Handbewegung korrekt nachzumachen. Glücklicherweise tauchte am Rande seines Blickfeldes ein Symbol auf, das seine Aufmerksamkeit erregte und nachdem er es ausgewählt hatte, tauchte ein kleines Rad-Menü auf. Hier konnte er Zauber auf Hotkeys legen. Erleichtert, aber auch etwas enttäuscht über dieses Feature, teilte er seine neue Erkenntnis mit Franz. Nachdem sie dem Magier beide bewiesen hatten, dass sie den Zauber jetzt beherrschten, strahlte dieser und fing an, in einer Kiste neben seiner Hütte zu kramen. Er kam mit zwei Ringen zurück. "Nehmt diese magischen Ringe als vorträgliches Dankeschön von mir. Sie sollen euch gute Dienste tun." Anton erschrak sich fast schon, als er den Ring im Menü anlegte und merkte, dass sowohl seine magische Stärke, als auch seine HP Bar sich mehr als verdoppelt hatten. Und das nur über einen einzelnen Ring.

"Ring krass mächtig", grunzte Franz den Zauberer an. In beiden tobte der innere Konflikt, da sie sich mittlerweile fast sicher waren, dass es sich um einen Fehler im Spiel handeln musste und sie eigentlich gerade in einer Endgame Quest steckten, aber andererseits hatten Sie das ganze ja nicht beabsichtigt gestartet und die neugier war auch einfach mittlerweile zu groß um die Chance abzulehnen dieses Level zu spielen. Und so machten Sie sich nach einigen Worten den Magiers auf den Weg.

Bereits einige Schritte hinter Ihrem Quartier der letzten Nacht bemerkten Sie, dass sich etwas veränderte. Die Welt wurde etwas dunkler und weniger farbenfroh. Auch die Hintergrundmusik wurde bedrohlicher. Ein Blick nach oben zeigte, weshalb der Magier den Weg nicht selbst gehen wollte. Die Landschaft wurde mit jedem Höhenmeter schroffer sowie gefährlicher und steiler. Vom Tal aus sah der Berg, dessen Spitze meist im dichten Nebel gehüllt war, deutlich weniger hoch aus. Langsam kämpften sich die beiden Meter für Meter den Berg hinauf, als der schmale Pfad plötzlich von einem riesigen Schneehaufen blockiert wurde. Nachdem er mehrfach versucht hatte, seinen Charakter über den Berg hinweg zu steuern oder zumindest langsam hochzuklettern, musste Anton sich eingestehen, dass

73

dieses Hindernis, zumindest so, wie er es versuchte, nicht zu überwinden war. Als er sich gerade umdrehte, um sich mit Franz zu beratschlagen, sah er, wie aus dessen Hand plötzlich ein Feuerball auf den Akolythen von einem Schneehaufen raste. Mit einem Knall, der den Schnee von den umliegenden Baumwipfeln fallen ließ, schlug das Geschoss ein und es passierte...

...nichts. Nichts, außer, dass ein lächerlich kleiner Teil des Haufens seitlich leicht angeschmolzen war. "Dachte Feuer hilft", gab Franz, sich am Hinterkopf kratzend, von sich. "Das ist eine gute Idee, aber vielleicht versuchen wir es zusammen. Ich zähl bis drei, okay?", schlug Anton vor. Nachdem der Troll mit dem Kopf nickte fing er also an zu zählen: "Eins, zwei, drei!", schallte es durch die Luft, bevor beide gleichzeitig einen Feuerball verschossen. Der Schaden am Schneehaufen war zwar deutlich größer als beim ersten Mal, aber für ihre Situation leider immer noch unbedeutend. "Mhm, das wird so nichts. Hast du eine andere Idee?", fragte Anton. "Nein, Hofmagier DML." Der Troll dachte weiter nach. "Könnte Schwebe Zaubern versuchen?", fiel ihm ein.

Noch bevor Anton seine Meinung zu dieser Idee äußern konnte, merkte er, wie sein Kumpane versuchte ihn per Magie in die Luft zu bugsieren. Obwohl er sichtlich seine gesamte Konzentration aufgebracht hatte, schaffte es der Troll nur, Anton ein paar Zentimeter über dem Boden schweben zu lassen. Nach einiger Zeit war er allerdings hoch genug und wurde auf die Spitze des Schneeberges gesetzt. Anton's Füße setzten auf dem Schnee auf und versuchten, sein Gewicht auszubalancieren. Nachdem er kurz aus dem Gleichgewicht kam, schaffte er es, sich selbst zu fangen und bereitete sich darauf vor, sich bei seinem Kompanion für die Hilfe zu revanchieren. Er konzentrierte sich auf die Beschwörungsformel und fing an, ihn anzuheben. Nachdem er ihn auf seiner Höhe hatte, wollte er ihn neben sich absetzen. Der über zwei Meter groß gewachsene, und mit Sicherheit über 150 Kilo schwere Troll, sah mit in der Luft strampelnden Beinen so lustig aus, dass Anton sich ein Lachen nicht verkneifen konnte.

In genau dem Moment, als seine Konzentration nachließ, hörte der Zauber auf zu wirken und Franz fiel in den Schnee. Die Mischung aus seiner vorherigen Höhe und seinem Gewicht sorgte dafür, dass Franz sich nicht wie Anton auf den Schnee stellen konnte, sondern bis zur Hüfte darin versank. "Franz stecken fest!", stellte dieser lauthals fest. "Wie soll ich den da nur wieder rausbekommen?", fragte sich Anton verzweifelt.

Franz stapfte verzweifelt im Schnee nach Halt und wurde wie bei Treibsand weiter runtergezogen. Panik erfüllt immer mehr seine Augen. "Hol mich raus Alter, mein Char stirbt!", rief er Anton flehend zu. „Okay, wenn er nicht mal mehr seine Rolle spielt, ist die Lage wohl wirklich schlimm", dachte sich dieser. "Was ist los? Der Schnee ist doch wohl nicht so schlimm oder?", rief er hinab. „Hier blinkt was von wegen Unterkühlung und Druck in Rot auf, meine HP fließen nur so weg! Scheisse!" Franz kämpfte weiterhin mit dem Schnee, ohne Erfolg.

"Ich glaube langsam, wir sollten nicht hier sein. Ich schau, was ich tun kann!", schrie er dem immer weiter sinkenden Troll zu. „Scheisse, was mache ich denn jetzt? Das wäre doch lächerlich, wenn er auf dem Weg zu einem Drachen durch einen Schneehügel stirbt. Eine Lawine wäre ja noch okay gewesen, aber einfach ein Haufen Schnee?" Anton überlegte verzweifelt, wie er die Lage retten könne. Warum spielt der Idiot auch einen Troll? Eine leichtere Klasse hätte er auf dem Schnee ziehen können, aber Franz wiegte locker das Doppelte seines Charakters. Panik machte sich langsam auch in ihm breit, als er bemerkte, dass die Schultern des Trolls mittlerweile schon im Schnee gefangen waren. Er brauchte eine Lösung und er brauchte sie jetzt. "Ich hab eine Idee, aber die wird dir nicht gefallen", rief Anton in den Hügel hinein. "Jede Idee gefällt mir gerade, mir steht der Schnee bis zum

Kinn!", war die verzweifelte Antwort, die er von dem bloßen Kopf, der noch auf dem Schnee thronte, entnehmen konnte. Er musste sofort handeln, sonst würde Franz seine Anweisungen nicht mehr hören können, wurde ihm bewusst und in diesem Moment kickten seine Instinkte. Während er normalerweise seine Entscheidungen eher langsam und besonnen traf, hatte er auch einen anderen Modus. Beim Downhillen hatte er nie Zeit zum Nachdenken, er musste in der Lage leben und konnte nicht wie sonst lange überlegen. Das war einer der Gründe, warum er diesen Sport liebte. Planung war einfach nicht notwendig. Er konnte sich einfach auf seinen Instinkt verlassen, auch wenn dieser nicht immer die besten Ideen lieferte. Ebenso wie seine Eier, auch die lieferten oft massiv blöde Ideen, aber dazu später mehr. Genau dieser Instinkt ergriff ihn gerade. Handeln oder leiden war die Devise und deshalb handelte er. "Zähl bis fünf, dann caste den Schildzauber!", rief er seinem Kumpanen zu. Unklar, ob dieser ihn überhaupt noch hören konnte. Anton befahl seinen Char in die Hocke und machte ihn zum Sprung bereit. Er nutzte das gesammelte Momentum und sprang ab. Die Distanz, die er bis zu festem Boden überbrücken musste, war weit weg. Sehr weit weg und deshalb versuchte er, seine Beine im Flug durch einen Salto weiter nach vorne zu bekommen. Doch die

Bewegung, die er in der Realität bis zum Erbrechen geübt hatte, gelang ihm nicht so wirklich im Spiel. Seine Beine landeten und er spürte förmlich den Ruck, der durch seinen Elfen schoss, als er unsauber landete und den letzten Meter zum Boden mehr schlitterte als lief. Aufstehen, Krone richten, weiter laufen war das einzige, was half und so fasste er wieder Boden unter seinen Schuhen, drehte sich um und kanalisierte seinen Willen auf sein Vorhaben. "FIREBALL", schrie er mit aller Gewalt. In der reinen Hoffnung, dass a) seine gesammelte Kraft mit seinem Fokus ausreichen würde, um den Schnee zu schmelzen und b) Franz, dessen Kopf seit seinem Absprung unter den kalten Massen begraben war, es schaffte, einen Schildzauber zu beschwören, der ihn beschützte. Sofern sein Zauber überhaupt stark genug war. Verglichen mit seinen bisherigen Feuerzaubern, war das, was seinen Händen diesmal entwich, ein absolutes Inferno. Eine unfassbare Brunst aus Feuer schoss gegen den Schnee und schien auf den ersten Blick daran zu zerbersten.

Als ihn gerade die Angst überkam, versagt zu haben, bemerkte er zwei Dinge: Eine bisher unbekannte Anzeige für Mana ploppte unter seinem Lebensbalken auf. Diese war, bis auf eine winzige Nuance von Blau, auf der linken Seite völlig leer und ausgegraut. Aber auch der Schnee schmolz. Er schmolz nicht nur langsam weg, nein, er löste sich komplett auf. Seine Magie wirkte! Einen Moment später hörten die Flammen auf, aus seiner Hand zu kommen und der Hügel war Gott sei Dank auch weggeschmolzen. Verängstigt, ob sein Freund überlebt hatte, rannte er zu dem leblosen Troll hin, der in einer Pfütze aus geschmolzenem Schnee lag. Seine Angst wuchs weiter, als er merkte, dass sich die massige Gestalt nicht bewegte. "FRANZ! LEBST DU?", brüllte er, von Verzweiflung geplagt. "FRANZ!", rief er am ruppigen Oberleib des Trolls ruckelnd. Nachdem er ihn mehr grob als sanft geschüttelt hatte, merkte er winzige, fast schon unscheinbare Bewegungen. „Gott sei Dank er lebt!", war sein erster Gedanke, dicht gefolgt von „aber gerade noch so." Die Sanitätsausbildung, zu der Percy ihn verdonnert hatte, als er ihn zur Wasserwacht rekrutierte, würde ihm hier wohl wenig nützen. Soviel war klar, also überlegte er fieberhaft, was er nun tun könnte. Als er schon kurz davor war aufzugeben, fiel ihm sein Kampf gegen das Wildschwein wieder ein. Dieses hatte doch eine kleine Flasche mit rotem Inhalt fallen lassen, nachdem er es besiegt hatte. Er würde alles darauf wetten, dass es sich hierbei um einen Heiltrank handelt. Mit hektischen Bewegungen öffnete er sein Inventar und suchte die Phiole. Gott sei Dank fand er sie schon nach wenigen Augenblicken. Er riss den Korken von der

Öffnung der Flasche heraus und begann damit, dem Troll die Flüssigkeit einzuflößen. Mehrere Sekunden, die sich wie eine halbe Ewigkeit anfühlten, passierte überhaupt nichts. Plötzlich riss Franz die Augen auf. "ACH DU SCHEISSE WAR DAS KNAPP", war das erste, was er von sich gab. "Da hat sich gerade schon der Game Over Screen aufgebaut, wie hast du das bitte noch verhindert?", fragte er ungläubig. "Ich habe dir einen Trank gegeben - war wohl offensichtlich ein Heiltrank", antwortete Anton sichtlich erleichtert. "Woher hast du denn einen Heiltrank? Die sind hier so unfassbar selten, ich habe noch keinen anderen Spieler getroffen, der einen hatte!"

"Ein *Danke* würde reichen", lachte er den Troll an. "Ja Danke, eh klar! Krass, dass du deinen Heiltrank an einen anderen Spieler verschenkst! Dafür hättest du in den Städten ein halbes Vermögen bekommen."

„Freilich helfe ich dir", erwiderte der Elf, sich selbst einen kurzen Moment fragend, ob er mit dem Wissen, wie wertvoll dieser Trank war, genauso gehandelt hätte. Höchstwahrscheinlich hätte er dies. Die Erfahrung in einem Spiel war ihm stets wichtiger als irgendwelcher Loot, den er eh nicht mit ins nächste Spiel nehmen konnte.

"Sagen Danke." Der Troll hatte wohl nach seiner vermeintlichen Nahtoderfahrung in seine Rolle zurückgefunden. "Du Franz Retter sein, Franz ewig dankbar sein!" Ja, er war sicher wieder in seiner Rolle. „Wirklich überzeugendes Roleplay, was er hier betreibt", dachte Anton sich nur schmunzelnd. "Also, na dann lass uns weitergehen. Ab jetzt müssen wir besser aufpassen, ich habe keinen Heiltrank mehr", warnte der Elf. "Franz auch nicht. Woher wussten du eigentlich, dass Franz dich gehört und schaffen Schild?", grunzte der Troll während er Schnee und Wasser aus seiner Lederbekleidung klopfte. "Wusste ich nicht", erwiderte Anton trocken, während sich die beiden auf den weiteren Weg machten.

Kapitel 10: Was zur Hölle?

"LUCA, SABRINA, KOMMT SCHNELL HER!", hörte man Alina durch das Büro schreien. Bei der Tonlage, die sie an den Tag legte, war den beiden sofort klar, dass es keine guten Nachrichten sein konnte. So etwas haben sie von Ihrer Chefin noch nie gehört. Eine Mischung aus Verwirrung, Panik und vielleicht auch etwas Wut, ließ es ihnen aber beide eiskalt den Rücken runterlaufen.

"Was ist los?", fragte Sabrina, noch bevor sie den Kopf durch die Tür gesteckt hatte. Luca, der sich gerade schwerfällig in seiner Mittagspause aus dem Sitzsack in ihrem Büro erhoben hatte, lag noch einige Meter hinter ihr.

"Zwei Spieler sind kurz vor Hyperion! Wie zur Hölle kann das sein? Sogar, wenn man die Musterlösung mit Min/Max spielt, braucht ein extrem guter Spieler mindestens 200 Spielstunden, um dorthin zu kommen! Casuals etwa 800, aber trotzdem sind die zwei kurz vor dem Eingang zum Drachenhort." Alina konnte es nicht fassen. Auch die Reaktion Ihrer Mitarbeiter ließ nicht lange auf sich warten. Sabrina wurde kreidebleich und Luca, von seinem mal wieder etwas zu üppigen Mittagessen eh schon beinahe gelähmt, sackte fast auf den Boden. "Wie? Aber was und wer und WIE?", stotterte er hinaus. "Die Ingame-Namen sind *„Franz"*, ein Troll und ein Elf namens *„HofmagierDML"*. Hattet ihr zu den beiden Mal Kontakt?", fragte Alina ihre beiden Kollegen immer noch ungläubig. "Bitte was?", stotterte Sabrina erstaunt hervor. "Ich habe die beiden vor ca. zwei Stunden bei Stonebreaker gesehen! HofmagierDML hat sein Magier Tutorial gespielt und wie auch immer haben es die beiden geschafft, dass der NPC auch dem Troll Magie beibringt. Das habe ich aber auf die Open World und Roleplay geschoben und mir nichts weiter dabei gedacht." Beim Aussprechen ihrer Worte bemerkte Sabrina, wie ihr selbst kalt wurde. Den anderen beiden verschwand auch das letzte bisschen

Farbe aus dem Gesicht. "Sabrina, keine Kritik, du hast nichts falsch gemacht", stellte Alina klar. "Aber du hast vor zwei Stunden die beiden gesehen, wie sie im Magie-Tutorial der Menschen Teil eins abgeschlossen haben und jetzt haben die beiden plötzlich ca. 60 Level gemacht, vier weitere Magie-Tutorials erledigt, auf die ganze VERFICKTE Welt verteilt und sind jetzt ein paar Hundert Meter vor Hyperion? Die beiden hätten von Stonebreaker aufgehalten werden sollen oder zumindest gegen eine unsichtbare Wand rennen sollen. Allein der Weg zum zweiten Magie Level wäre länger als das, was an Zeit vergangen ist!" Einige Minuten diskutierten die drei und kamen einstimmig zum Entschluss, dass es sich hier um einen Spielbug handeln musste. Normalerweise wäre das nichts Schlimmes, nur, dass alle Beta-Tester in derselben Welt spielten und Hyperion die Erfahrung für Spieler auf diesem Erfahrungslevel nicht zu verschlechtern, sondern völlig zerstören würde. Somit war ihnen klar, dass sie sofort handeln mussten. Für den Release des Spiels war geplant, dass die Spieler in Servern spielen würden, in denen sie ausschließlich auf Spieler treffen würden, deren Story Progress und Leveling in etwa ihrem eigenem entsprechen würden. Alleine schon sodass die Welt zwar belebt war, aber auch, dass niemand von höherleveligen Spielern tyrannisiert werden konnte und, dass nicht eine Hand voll Tryhards alle Bosse der Welt erlegen würden und der Rest nie in diesen Genuss kommen würde. Das Spiel würde die Spieler bei jedem Login in einen Server stecken, der zu ihnen passt. Für einen Beta Test war das Ganze nur schlichtweg nicht möglich.

"Also wir müssen agieren - Luca logg dich ein, porte dich zu den beiden und sag ihnen, dass sie umkehren müssen. Sabrina, finde raus, wer die Spieler sind und beschaff mir die Real Life Kontaktdaten. Ich versuche sie aus dem Spiel zu kicken. Luca, wenn sie nicht auf dich hören wollen, töte die Chars und schick sie in ihr Startgebiet zurück. Das können wir später mit ihnen klären und sie so mit Loot bombardieren, dass sie diesen Fauxpas vergessen", schaffte Alina ihren Mitarbeitern an.

Ihre Anweisung bestätigend, drehten sich die beiden um und machten sich an die Arbeit. Alina loggte sich in das Programm der Spielerverwaltung ein und wartete darauf, dass das Rädchen aufhörte, sich zu drehen.

Die erste Rückmeldung kam von Luca, der nach nicht einmal einer Minute zurück war. "Ich kann mich nicht einloggen", blaffte er ihr schon vom Flur aus entgegen. "Luca, wenn du wieder dein Passwort vergessen hast…", sie konnte den Satz nicht aussprechen, da ihr Luca direkt ins Wort fiel: "Nein, garantiert nicht. Ich hab's extra aufgeschrieben, aber der Account ist gesperrt. Verstehst du, kein falscher Login. Der ist gebannt!"

„Wie soll denn dein Admin Account gebannt sein?" Alina war verzweifelt. "Ich weiß es doch auch nicht. Ich dachte du kannst mir das sagen?", fragte Luca in der Hoffnung, dass Alina die Antwort dazu hatte.

"Warte, ich versuche es mal", raunte sie, während sie das Spiel startete und versuchte, ihre Login-Daten einzugeben. "Fuck, Fuck, Fuck, mein Master Zugang ist auch weg!", stellte sie entgeistert fest. „Scheiße, was zur Hölle geht hier nur vor? Sabrina, versuch bitte sofort dich einzuloggen!", brüllte sie den Gang runter. "Ich habe euer Gespräch gehört und es versucht. Mein Account ist auch tot", kam als Antwort zurück. "Die Kontaktdaten der beiden Spieler sind auch aus unseren Files gelöscht. Die waren garantiert da, ich habe ja alle selbst eingetragen, aber wir haben nichts mehr." Alina wurde bei dieser nächsten Hiobsbotschaft fast schwarz vor Augen. Die einzig logische Schlussfolgerung war, dass sie gehackt wurden. "Brainstorming - irgendwelche Ideen?", fragte sie ihre beiden Mitarbeiter.

"Also einen Lichtblick habe ich. HofmagierDML ist ein gewisser Anton aus Garmisch, ein Kumpel von Percy.

Percy und ich haben, nachdem er auf meiner Couch geschlafen hat, noch geredet und da hat er mir erzählt, dass sein Kumpel einen Beta-Account bekommen hat", teilte Sabrina der Gruppe mit. "Naja, das ist ja zumindest etwas. Ich rufe schnell Percy an, wir müssen sofort Kontakt zu Anton aufnehmen, bevor die beiden noch den Drachenhorst erreichen. Sonst müssen wir die gesamte Beta neu starten, sofern wir das noch können", sagte Alina, bereits ihr Handy zückend. Zu ihrem Glück nahm Anton beinahe sofort ab und verstand den Ernst der Lage, ohne ihr weitere Fragen zu stellen. "Ich rufe Anton an und melde mich danach bei dir", teilte dieser ihnen mit. Zwei Minuten völliges Schweigen unterstrichen die Situation, in der sie sich befanden. Bis Alina sich, obwohl sie darauf gewartet hatte, beim Klingeln ihres Telefons so erschreckt, dass sie fast vom Stuhl fiel. "Ich erreiche ihn nicht. Ich habe mich gerade ins Auto gesetzt und fahre zu ihm. Wie schlimm ist es?", fragte Percy über die Freisprechanlage. Alina hatte das Problem noch nicht fertig geschildert, als sie plötzlich durch ihr Smartphone ein Martinshorn hörte. "Ich lege jetzt lieber auf. Wenn ich den Karren hier schon mit Blaulicht durch den Ort fliegen lasse, konzentriere ich mich lieber. Ich melde mich wieder, wenn ich bei Anton bin!" Mehr hörten sie nicht mehr außer dem Zeichen, dass die Leitung tot war.

"Was geht denn jetzt ab?", fragte Alina, sichtlich gestresst, in die Runde. Luca war der erste, der nach dem Telefonat mit Percy wieder Worte fand.

"Anscheinend hat Percy gerade seinen First-Responder-Dienst oder irgendein anderes Blaulicht-Auto zu Hause und stellt sich für dich mit einem Bein in den Knast." Sabrina setzte nach: „Gut möglich, er hat mir erzählt, dass er gelegentlich mal Dienste hat, wodurch er privat ein Auto mit Sondersignalen zuhause hat".

"Oh Gott. Nicht, dass ihm da noch was passiert. Das würde mir gerade noch fehlen." So dankbar Alina auch um Percys Einsatz war, machte sie sich auch Sorgen um ihren Freund.

"Naja, da kann man sagen was man will aber die Aktion ist schon verdammt cool von ihm!" war Lucas Kommentar dazu.

Percy hatte am Telefon nicht genau verstanden, was das Problem war. Zu kurz und abgehackt waren Alinas Sätze. Aber das, was er verstanden hatte, in Kombination mit der Angst in Alinas Stimme reichten, dass er Gebrauch von etwas machte, das er moralische Flexibilität nannte. Jetzt galt es zu beten, dass keiner der anderen „Helfer vor Ort"- Piloten, wie er sich und die anderen Fahrer der First-Responders insgeheim gerne nannte, mitbekam, was er da tat und noch rechtzeitig bei Anton ankam.

Gott sei Dank war es keine Touristen-Saison und schon nach Feierabendverkehr. So konnte er das Gaspedal bis zum Motorblock durchdrücken und holte alles aus dem Skoda Yeti raus, was ging. An jeder Kreuzung verstärkte er sein Anliegen durch taktisches Benutzen des Waldhorns und flötete so alle anderen Verkehrsteilnehmer von der Straße.

Schon nach zwei Minuten kam er bei Anton zu Hause an, parkte den Karren mit Warnblinkanlage auf der Straße gegenüber seiner Haustür, sprang aus dem Wagen, lief über die Straße und riss schwungvoll die Tür auf.

Doch als er Anton sah, der sich gerade das Headset vom Kopf nahm und bedrückt aussah, wurde ihm klar, dass er zu spät gekommen war.

Kapitel 11: Neustart

"Ich denke den Part, dass du nicht zu dem Drachen gehen sollst, kann ich mir sparen, oder?", meinte Percy zu seinem Freund, der ihn wie ein begossener Pudel ansah.

"Ja. Zu spät - das war ein Massaker!", gab er auf das Sofa zurücksinkend zurück.

"Und gespawnt bin ich am Startpunkt! Kannst du dir das vorstellen, nix da Checkpoint. Ich dachte nicht, dass *Iltharia* ein Souls-Like ist."

"Ist es glaub ich auch nicht. Da ging massiv was schief. Ich weiß selber nicht genau was, aber ich sollte dich unbedingt davon abhalten, dorthin zu gehen", erwiderte Percy. "Besser wär's wohl gewesen, aber warum eigentlich?", fragte Anton neugierig.

"Wie gesagt, ich verstehe das selber nicht so genau. Ich ruf jetzt Alina zurück, sie soll uns mal kurz aufklären. Nachdem ich für sie gerade mit Blaulicht her gerast bin, ist das das Mindeste", meinte Percy. Er zückte sein Handy und wählte Alinas Nummer.

"Du warst zu spät, oder?", war das Erste, was er durch sein Handy hörte.

"Ja, war ich leider. Schneller ging's nicht. Was genau ist hier los? Warum ist es so schlimm, dass ein Betatester in einem Spiel stirbt? Ist das nicht völlig normal?" Percy war so gespannt auf die Antwort, dass ihn das Zögern von Alina am anderen Ende der Leitung fast verrückt machte. Aus Nervosität begann er mit seinen Knöcheln zu knacken. "Wir wurden gehackt", brachte sie schließlich heraus. "Oh, ok...und wie schlimm ist es? Was ist das Problem jetzt?" Alina war wie immer erstaunt, wie analytisch Percy in Ausnahmesituationen an die Lage herangehen konnte. Vielleicht konnte er mit dieser Eigenschaft hier sogar auch helfen. Von dem Level an Technik verstand er zwar nicht viel, aber zumindest blieb er cool genug, um rational zu denken. Sie sollte ihn fragen, ob er ihr nicht helfen könne, aber dafür würden sie ihn erst über die Lage aufklären müssen. Und so fing sie an, ihm alles zu erklären. Die Geschichte ließ Percy und Anton, der mittlerweile über die Lautsprecher-Funktion mithörte, erschaudern. Alle Server wurden gehackt und der Eindringling hatte ihr und ihrem Team die Zugänge gesperrt. Sie konnten von außen nicht mehr am Spiel rumwerkeln, weder in ihren gottgleichen Admin Accounts, noch als Programmierer. Gleichzeitig spielten alle Spieler der Beta Phase in derselben Welt. Wenn also ein Spieler in der Welt interagiert, bleibt diese Veränderung für alle aktiv und wie es scheint, war es dem Hacker zu verdanken, dass Anton und sein Kompagnon überhaupt zum Drachen gegangen sind. Die Begegnung mit diesem war nämlich für das Ende des Spiels geplant, nach hunderten Stunden voller besser werden, Ausrüstung sammeln und im Level steigen. Nicht für Spieler, die noch mitten im Tutorial stecken. Irgendwie hat der anonyme Hacker es aber offensichtlich geschafft, Hansathor dem NPC weiß zu machen, dass die beiden vor ihm mächtige Magier und Helden sind und nicht zwei Noobs, die gerade mal die Steuerung beherrschen. Das Problem lag nur darin, dass der Drache nun aufgewacht war und die ganze Welt von *Iltharia* in absolutes Chaos stürzen würde. Man konnte das Spiel zwar noch spielen, aber es würde - vor allem ohne Insiderwissen und eine größere Gruppe von Spielern - unmöglich sein, die Welt zu retten. Damit wäre das komplette Spielerlebnis für den Arsch. Die Beta-Tester sowie die Testspieler der Presse würden das Spiel nicht weiterspielen können und wollen und der Erfolg von *Iltharia* war damit massiv gefährdet.

Eine Lösung hatten aber im Moment weder Alina noch Ihre Mitarbeiter parat.

Der einzige Hoffnungsschimmer war eine Handvoll Moderatoren Accounts, die sie irgendwann mal angelegt hatten. Diese waren nicht gesperrt, wurden aber auch nie benutzt. Aller Wahrscheinlichkeit nach würden sie zügig gesperrt werden, sobald sie sie aktivierten.

Alina hatte die Idee, zum Erkaufen von Zeit, einfach alle aktiven Spieler der Testphase zu sperren und über ihre

Social-Media zu kommunizieren, dass technische Probleme das Spielen aktuell leider unmöglich machen. Im Anschluss hätten sie zwei oder maximal drei Tage Zeit, eine Lösung zu finden, bevor die Spieler misstrauisch werden.

"Hey, ist das Percy, mit dem du da sprichst?" Plötzlich stand Sabrina hinter Alina. Eigentlich wollte sie nur ihrer Chefin berichten, dass sie beim Durchsuchen der Firewall-Logs nichts finden konnte. Die Chance, mit Percy zu sprechen und zu erfahren, ob er beim Versuch zu helfen Erfolg hatte, machte sie neugierig. Als sie erfuhr, was los war, war ihr die Panik deutlich anzusehen. "Ich sag schnell Luca Bescheid", brachte sie gerade so heraus. "Grüß Percy von mir", ergänzte sie noch beim Rausgehen.

"Ich soll dich von Sabrina grüßen", gab Alina die Botschaft weiter. "Danke, zurück", antwortete Percy ihr knapp.

"Warum wirst du da rot?" fragte Anton verschmitzt. "Halt die Klappe" konterte Percy seinem Freund.

"Ohhh, wie süß", lachte Anton. "Ist doch nix schlimmes." "Ich weiß. Aber gerade müssen wir uns auf wichtigere Dinge konzentrieren." Percy wollte darüber jetzt nicht reden und wechselte wieder zum ursprünglichen Thema.

"Worauf sollen wir uns denn konzentrieren?" Kannst du programmieren, hacken oder sonst irgendwas außer dem Sendersuchlauf starten?", fragte Anton. "Wie willst du denn helfen?" Anton war scheinbar nicht sehr überzeugt von der Idee, dass Percy hier hilfreich sein könnte. "Irgendwas fällt uns schon ein, du bist doch sicher auch dabei, oder?", wollte Percy von ihm wissen. "Wenn mir jemand eine Aufgabe gibt helf ich klar mit, das Spiel ist der Wahnsinn und, wenn wir dann Zeit mit deiner Flamme verbringen ist das ja noch besser", feixte Anton

grinsend.

"Ihr wisst, dass ich euch noch hören kann", erinnerte Alina die beiden Jungs daran, dass sie immer noch am Telefon waren. "Oh" war das einzige, was die beiden Jungs vor lauter Schreck herausbrachten. Erst Alinas "Aber Sabrina nicht" brachte die Freunde wieder zurück in die Fassung. Trotzdem dauerte es noch einen Moment, bis es "Gott sei Dank" durch das Telefon hieß. "Ich habe da gerade eine ganz verrückte Idee, wie ihr tatsächlich helfen könntet", brachte Alina das Gespräch wieder ins Laufen. Dankbar darüber, die Peinlichkeit überwunden zu haben, wollte Percy wissen, wie sie das anstellen können.

"Wir brauchen ein Haus oder zumindest eine große Wohnung. Groß genug, dass ein paar Leute und ein Haufen Technik gemütlich reinpassen", begann Alina damit, ihre Idee zu erklären. "Wie wäre es mit deinem Büro?", warf Percy ein. "Nein. Erstens muss ich den Kopf frei kriegen und das geht in München nicht und zweitens muss ich aus den Netzwerken hier raus, sonst mache ich es unserem Angreifer zu leicht", fuhr sie fort. "Ah ok. Wir können zu meinen Eltern, die sind gerade eh im Urlaub und mein Bruder ist so gut wie nie zu Hause." Er lieferte ihr damit eine unkomplizierte Lösung für das Problem. Alina antwortete voller Freude: "Mega, ja und glaubst du, du kannst noch zwei oder drei Leute organisieren, die helfen können? Je bessere Gamer sie sind, desto besser. Im Notfall gehen auch "Casuals".

"Das sollte kein Problem sein, was hast du vor?", erkundigte sich Percy.

"Erzähl ich dir später. Wir müssen hier jetzt die notwendige Technik zusammenräumen. Kannst du bitte nur Leute mitbringen, denen du vertraust?", präzisierte Alina ihre Bitte an ihn. "Eh klar! Wann treffen wir uns?", war Percy's Antwort. "Ich denke, wir könnten in etwa zwei Stunden da sein, vielleicht etwas länger", schätzte Alina.

"Alles klar, dann sehen wir uns nachher", versuchte Percy bereits das Gespräch zu beenden. Doch da hatte er die Rechnung ohne Antons Zwischenfrage gemacht: "Kannst du was zum Essen mitbringen?" Alina, die gerade offensichtlich andere Sorgen hatte, stammelte: "Äh, ja klar. Wir bringen was mit." Eines der Wörter in Alinas letztem Satz verwirrte die beiden Männer: "Wir?", fragten sie wie aus einem Mund. "Klar, ich bringe natürlich Luca und Sabrina mit", löste Alina die Verwunderung auf. "Du solltest Percy's Grinsen sehen", war das erste, was Anton dazu sagte. "Kann ich mir vorstellen. Ich freue mich auch schon auf Sabrinas Gesicht, wenn ich ihr von meinem Plan erzähle", waren Alinas abschließende Worte im Telefonat.

Kapitel 12: Versammlung der Helden

"Ich bin mir nicht sicher, was sie vorhat, aber irgendwie hört es sich cool an. Meinst du, wir sollten für sie spielen?", wollte Anton von seinem Freund wissen. "Macht eigentlich keinen Sinn es nicht zumindest zu versuchen, oder?", war Percys Sichtweise. Wen könnten wir denn noch mitbringen? Irgendeine Idee?", wollte Percy von Anton wissen. "Puh, sie wollte gute Gamer. Die meisten fallen damit hier raus - was wäre mit Julian?", war Antons erste Idee.
"Wenn wir ihn erreichen, dann ja - das wäre Bombe! Der ist bei sowas auch safe dabei, aber dann sollten wir

Alina sagen, dass sie mehr zu essen besorgen soll", meinte Percy lachend. "Also gut, Julian, und wen noch?", führte Anton zurück zum Thema.

"Schwierig. Vielleicht Kevin?", brachte Percy als Vorschlag hervor. "Kevin? Weiß der überhaupt, wie man einen Controller richtig herum hält?" Anton war sehr skeptisch.

"Ich hab ihn auf Assassin's Creed gebracht, da hat er die fünf neuesten Teile durchgespielt. Er ist zwar ein Technik-Monk, aber wenn mans ihm erklärt, lernt er. Plus man kann ihm vertrauen." Damit überzeugte Percy ihn.

"Ja, hast ja recht. Ich ruf Julian an und du Kevin?", schlug Anton vor. "Ja, gute Idee. So machen wir es!"

"Wir müssen echt alles geben, um dieses Spiel zu retten. Mal abgesehen davon, dass wir deiner Freundin Alina helfen und du Punkte bei dieser Sabrina sammeln kannst, wann wolltest du mir eigentlich von ihr erzählen?" Anton nahm Percys Schweigen über Sabrina wohl etwas persönlich.

Doch zum Antworten kam Percy nicht mehr, denn plötzlich flog die Tür zu Antons Wohnung auf und ein weiß-braun gescheckter Border Collie lief in die Wohnung. Gleich hinter seiner Hündin kam auch ihr Besitzer durch die Tür gelaufen.

"Gibt es hier lecker Bierchen?", hörten die beiden Ludwig durch die Tür rufen.

"Hey Ludwig, Hallo Mila", kniete sich Anton zur Hündin des Neuankömmlings herunter. "Jo Ludwig, wenn du in Tonis Kühlschrank welche findest, dann bring mir bitte auch eins mit." Wenig später kam Ludwig mit zwei gekühlten Bier ins Zimmer. "Servus Percy, hab i mir fast scho dacht, dass du da bist. Hast du an HVO dabei?", wollte er von ihm wissen.

"Ja, warum?", fragte Percy misstrauisch. Nachdem Ludwig die Situation, grinsend, mit den Worten: "Des Blaulicht blinkt no" auflöste, schrie Percy ein lautes "Fuck" und stürmte vor die Tür, um die Sondersignale auszuschalten. Gleichzeitig ging Ludwig zum Kühlschrank und holte ein drittes Bier für Percy.

"Und was macht's ihr so?", wollte Ludwig wissen. Doch noch bevor er eine Antwort erhielt, musste er ein "Mila, nein! Aus! Böse Mila" hinterherschieben, da seine Hündin gerade damit begonnen hatte, ein Kissen zu zerlegen. Anton rettete sein Kissen vor der Spielwut des Tieres, bevor er zur Antwort ansetzte: „Ich hab dir doch das neue VR Headset gezeigt?" Ludwig verdrehte beinahe hörbar die Augen. "Ja, aber bitte lass uns jetzt ned über langweilige Computerspiele reden. Du woaßt, i mag des alles ned". Anton wusste zwar genau, dass sein Freund nicht das geringste Interesse an Gaming oder derartiger Technik hatte, aber sein Drang über dieses Spiel zu reden war einfach riesig. "Da musst jetzt wohl durch", sagte er und begann zu erzählen. Doch noch, als er in den ersten Sätzen steckte, lief Percy wieder bei der Tür herein. "Ich wollte Ludwig grad die Lage von Alina erklären", teilte Anton mit, während Percy sich gerade die schweren Sicherheitsstiefel auszog, mit denen er immer HVO fuhr. Bei Alinas Namen wurde Ludwig plötzlich hellhörig. "Ach, des ist des Spiel von Alina? Dann interessierts mi doch."

"Ja, aber ich denke, dass wir das nicht an die große Glocke hängen sollten", versuchte Percy das Gespräch über *Iltharia* und Alina sofort wieder zu beenden. Ludwig, neugierig wie er eben ist, gefiel es allerdings überhaupt nicht, dass er nichts erfahren sollte.

"Ach ge verzählts, i sag a nix. Vielleicht kann ich sogar helfen?" Anton, der noch im Kopf hatte, dass sie Helfer rekrutieren müssen, wollte allerdings weiter sprechen. "Ich mache mir bei Ludwig keine Sorgen", fuhr er fort.

"Du machst dir bei nichts Sorgen!", war Percys Antwort, bevor er einsah, dass sein Freund eigentlich recht hatte und er einlenkte. "Aber ja, eigentlich hast du Recht, erzähl's ihm halt."

Während Anton Ludwig über die Situation aufklärte, nahm Percy einen großen Schluck seines Bieres und schrieb eine Whatsapp-Nachricht an Julian.

"Keine Verarsche - kannst *Iltharia* heute noch spielen, wenn du in 1,5 Stunden bei meinen Eltern bist."

Sein Kumpel hatte ihm schon mehrfach gesagt, wie sehr er im Hype für *Iltharia* war und eigentlich sollte diese Nachricht völlig ausreichen, um ihn für die Sache zu gewinnen.

Bei Kevin war die Sache etwas schwieriger, der hatte von dem Spiel vermutlich noch nie gehört. Allerdings war er bei spontanen Aktionen, auch solchen die eigentlich nicht in seinem Interessenspektrum - welches sich hauptsächlich um die Wasserwacht, Tauchen, die NHL und Fußball drehte - dabei. Er wählte also den entsprechenden Chat aus und tippte los:

"Kennst du noch Alina?"

Wie gewohnt kam die Antwort relativ schnell:

"Die geile, die nach München zum Spiele entwickeln gegangen ist? Ja, die kenne ich noch." „Ein Charmebolzen wie immer", dachte sich Percy und überlegte einen Moment, ob die Idee ihn dazu zu holen wirklich so gut war. Er beschloss dann aber, bei seinem Plan zu bleiben. "Sie braucht Hilfe", tippte er als nächste Nachricht. Auch die nächste Antwort kam prompt. "Hab zwar nichts mit ihr zu tun, aber einer muss ja die Welt retten - muss ja schlimm sein, wenn sie gleich die Doppel-Speerspitze braucht." Nach ihrer bestandenen

Tauchprüfung im letzten Jahr, hatte ihr Ausbilder im Scherz verkündet, dass sie als Rettungstaucher jetzt zur Speerspitze des roten Kreuzes gehören würden. Nachdem sie bemerkt hatten, dass sie ihren Ortsgruppenvorstand, der selbst kein Taucher war, mit dieser Aussage ärgern konnten, behielten sie das Ganze als Running Gag bei.

"Haben ist besser als brauchen, frühzeitiges Nachalarmieren ist das Zauberwort", war Percys fachmännische Antwort.

Das Sprechen in dieser - sich selbst einen Schnuff zu geil findenden Kommandosprache - war seit Jahren ein weiterer Running Gag unter den beiden. Für Außenstehende meistens ziemlich nervig, aber irgendwie auch lustig. Wenn man die beiden kannte, wurde es witziger, da ihre Interaktionen für Außenstehende oftmals wirkten, wie bei Hubert und Staller.

"Alles klar - Einsatzstelle oder Bereitstellungsraum?" Damit wollte Kevin wissen, wo er hinkommen sollte, was Percy ihm knapp mit: "Bei meinen Eltern in 90 Minuten, bequem anziehen!" beantwortete.

Percy wollte gerade sein Handy wieder einstecken, als ihn gleich zwei Blings davon abhielten. Er checkte seine Nachrichten. "Junge, wenn du mich verarscht, bring ich dich um - bin dabei, soll ich was mitbringen?", las er im Chat die Nachricht von Julian und antwortete diesem, dass Snacks immer willkommen sind.

"Haben gepackt und fahren gleich los. Wir müssen noch kurz bei Sabrina zu Hause anhalten, sie wollte noch ein paar Geräte mitnehmen. Das sagt sie zumindest, ich glaube aber, dass sie nur Make-up besorgen will, bevor wir zu dir kommen ;)", las er die Nachricht von Alina. Noch bevor er darauf antworten konnte, flog die nächste Nachricht von ihr rein. "Wenn du noch ein paar Mehrfachstecker organisieren könntest, wäre das super!"

Dankbar für die Möglichkeit, nicht auf die Nachricht bezüglich Sabrina antworten zu müssen, fasste er sich kurz und schrieb, dass er schauen würde, wie viele er organisieren könne und, dass er zwei Freunde und Anton hätte, die alle mithelfen wollten. Dies beantwortete Alina kurz mit einem Daumen nach oben. "Bitte Mehrfachstecker mitbringen", schrieb er an Julian und Kevin. Dann nahm er seine Flasche in die Hand und nahm einen wohlverdienten Schluck, nachdem er jetzt so viel geschafft hatte.

"Ludwig kommt auch mit." Mit diesen Worten von Anton wurde Percy geistig zurück in den Raum gezogen.

"Äh ja geil, cool! Wenn du Recht hast, dass wir spielen sollen, wirds zwar spannend, aber geil." kommentierte Percy die Zusage ihres neuesten Teammitglieds. "Ja, so schwer wird das ja wohl nicht sein. Wenn ihr das schafft, dann krieg ich das auch hin", triezte Ludwig die beiden anderen Männer.

Die drei unterhielten sich noch ein paar Minuten über alles mögliche und beschlossen dann, sich auf den Weg zu Percys Elternhaus zu machen. Die Strecke dauerte zwar mit dem Auto nur wenige Minuten, aber Percy würde noch versuchen, spontan seinen HVO-Dienst zu tauschen. So könnten sie noch Platz für die Technik schaffen, bevor die Kavallerie eintraf.

"Sollen wir noch was von dem Ganja mitnehmen?", fragte Anton in die Runde. Ludwig, der das Aufwachsen der Pflanzen von Anfang an mitverfolgt hatte, wollte wissen, ob es denn schon fertig sei.
"Ist zwar noch nicht ausgehärtet aber blöd wird's schon machen", beantwortete Anton die Frage. Percy, der Angst hatte, dass sich die beiden schon blöd rauchen würden noch bevor Alina ihnen gesagt hatte, was sie überhaupt tun sollen um ihr zu helfen, bat Anton vorsichtshalber darum mit dem kiffen noch bis später zu

warten. "Eh klar", antwortete dieser darauf. Er versuchte dabei möglichst beleidigt zu wirken, kam aber eher so rüber, als würde er sich ertappt fühlen.

Kapitel 13: Zwischen den Welten

Percys Bruder Willi war - wie erwartet - nicht zu Hause und so fing er an das Wohnzimmer, welches dafür, dass sein Bruder allein zuhause war überraschend aufgeräumt war, für den baldigen Besuch und die - wie er mittlerweile hoffte - riesen Lan Party startklar zu machen.

Während Toni und Ludwig es sich bequem machten und anfingen den Bierkühlschrank von Percys Bruder zu plündern, fiel diesem auf, dass er ja offiziell immer noch im Dienst war. Und, dass er bereits ein Bier getrunken hat. Glücklicherweise erreichte er beim ersten Anruf eine Kollegin aus der HVO- Gruppe. Diese erklärte sich nach etwas Überredungskunst dazu bereit, seinen Dienst zu übernehmen. Nachdem er aufgelegt hatte und ankündigte, ein paar Minuten zur Übergabe weg zu sein, ignorierte er die Kommentare von Toni darüber, wie er gerade von „ich muss ein Videospiel spielen", zu „ich muss ganz dringend einer Freundin helfen", wechselte. Immerhin tat er ja auch genau das. Innerlich

rechnete er zwar bereits damit, dass es etwas länger als ein paar Minuten dauern würde, aber sie hatten ja noch genug Zeit bis Alina eintraf. Annabell, der er gerade das Dienstfahrzeug brachte - so lieb und fleißig sie auch war - hatte ein Talent dafür zu reden. Viel zu reden. Und so wurde aus einem Projekt, das eigentlich nicht länger als zehn Minuten hätte dauern dürfen, doch eine etwas längere Angelegenheit. Annabells Neugier trieb ihn zwar fast in den Wahnsinn, aber immerhin war sie spontan für ihn eingesprungen. Daher wollte er heute mal nicht so sein und sparte sich einen großen Teil des Sarkasmus, den er in Gesprächen mit ihr üblicherweise an den Tag legte. Als er sich von ihr wieder zurückfahren ließ, überlegte er einen Moment, ob er sie nicht fragen solle, ob sie mitmachen möchte. Er entschied sich allerdings dagegen, solange er nicht wusste, was sie tun sollten. Zurück in seinem Elternhaus saß er gerade für zwei Sekunden auf dem Sofa, als es an der Tür klingelte. „Mhm, wer ist denn bitte zu früh?", dachte sich Percy und erhob sich wieder von der Couch. "Ding Dong", erhalte es ein weiteres Mal. "Oida, ich komm ja schon", rief er der verschlossenen Tür entgegen. "Mach schneller!" hörte er Kevins Stimme durch die Tür.
Nachdem er jetzt wusste, wer vor der Tür stand, tat Percy alles, um möglichst langsam zu gehen und die

Tür provokant langsam zu öffnen. "Lass mich jetzt rein, es ist arschkalt draußen." Auf diese Version einer Begrüßung reagierend, gab er lachend "Alles gut, bleib flauschig. Normale Leute sagen "Hallo" zurück." Kevin, der gerade dabei war, seine Schuhe auszuziehen und seine Jacke aufzuhängen, starrte ihn kurz an, bevor er antwortete: "Fang du mal gar nicht erst mit normal an, ich frag lieber mal nicht, warum du vorhin mit Blaulicht durch den Ort geflötet bist, oder? Also, was ist jetzt da Sache?"

"Ich weiss es nicht. Alina ist noch nicht da, du bist ja auch ne Stunde zu früh", erwiderte Percy, sich ertappt fühlend wegen seinem kleinen Blaulicht-Verstoß. Solange es aber nur Kevin mitbekommen hatte, musste er sich aber keine ernsthaften Sorgen machen. "Ja, mir war halt langweilig!", beantwortete Kevin die unausgesprochene Frage, was er jetzt schon hier wollte. Durch die Stimme des Neuankömmlings neugierig geworden, schaltete sich Ludwig aus dem Wohnzimmer rufend in das Gespräch ein: "Ist des da Kevin?"

"Ja Hoi da Ludwig", beantwortete dieser die Frage und machte sich auf den Weg ins innere des Hauses.

"Wenn du her kommst, bringst glei no a Bier mit, da Willi hat den Kühlschrank voll gmacht." Gut, dass das auch alles gleichzeitig die Freunde seines Bruders waren, dachte sich Percy. Besser so, wenn sie ihm schon sein Bier wegtrinken.

"Freilich, wie viele brauch ma?", fragte er, bereits am Kühlschrank angekommen. "Ich und du - Anton?", gab Ludwig an, woraufhin Anton erwiderte, dass er gerade keins wollte. "Zwei Bier brauch ma!", rief er also in Richtung des Kühlschranks. "Drei", sagte Percy im Vorbeigehen und setzte sich wieder zu den anderen. Doch noch bevor er richtig saß, klingelte es wieder an der Tür, wo er ein halbes Wunder vorfand, weil Julian auch schon da war. Normalerweise konnte man mit ihm ca. eine Stunde nach Treffpunkt rechnen, aber die Verlockung auf *Iltharia* hatte ihn wohl magisch angezogen.

"Was ist das denn für eine Party?" Das war das erste, was er im Wohnzimmer sagte, als er die anderen Spezialisten sah. "Die besten der besten", kam postwendend von Kevin zurück.

"Was machst du dann da?", fragte ihn Julian daraufhin grinsend. "Hehe", brachte dieser halb grinsend, halb wütend als einziges heraus, sodass Toni sich einklingte: "Elitärer Spitzen E-Sport hat sich hier versammelt." Ein Auge nach oben ziehend begutachtete Julian noch einmal kurz die Runde im Raum. "Ludwig, Kevin, wisst ihr überhaupt, wie man einen Controller richtig hält?", fragte er die beiden provokant.

"Ich hab schon auf Weltrang Niveau gespielt, da bist du mit ner Trommel um den Christbaum gelaufen", kam Kevin langsam in Fahrt fürs Shittalken.

"Ich bin sechs Jahre älter als du", antwortete Julian kalt darauf. "Trotzdem reicht's für dich", ließ Kevin nicht locker. "Also ich bin hier einfach nur reingerutscht", rettete Ludwig die Stimmung, bevor die beiden sich warm reden konnten. "Keine Ahnung, was ich hier tun soll, aber so schwer wird es hoffentlich nicht sein!" "Schau ma mal was wird", sprang Toni mit auf den Deeskalations-Zug auf. "Was wird", antworteten alle anderen kollektiv auf die zweite Hälfte des Memes, was von "Wir freuen uns" von Toni, sowie demselben Satz von den anderen erwidert wurde, um das Bild abzurunden.

Die nächsten 45 Minuten unterhielten sich die Männer über alles mögliche, hauptsächlich aber über *Iltharia* und Julian war durchaus von Antons Schilderungen zu dem Spiel ziemlich beeindruckt. "Eigentlich echt Wahnsinn, dass du in der Beta warst", meinte Julian. Obwohl er sich offensichtlich darüber freute, dass einer seiner Freunde einen Zugang gewonnen hatte, konnte er seinen Neid nicht vollständig verstecken. "Ja, das Glück ist mit den Dummen", antwortete Toni selbstironisch darauf. "Dann müsstest du eigentlich

Lotto spielen", versenkte Percy die Steilvorlage, bevor einer der anderen die Chance dazu hatte. "Ding Dong". Das musste wohl Alina sein.

Und nachdem sie die Tür geöffnet hatten, stellte sich auch genau das heraus.

"Hey alle, ich bin Alina, für die, die mich nicht kennen", stellte sie sich vor.

Die meisten kannten sie zwar, aber hatten sie länger nicht gesehen, daher waren die nächsten Minuten von Smalltalk übersät, um sich gegenseitig vorzustellen und auf den neuesten Stand der Dinge in ihrem eigenen Leben zu bringen. Auch Sabrina stellte sich der Gruppe vor und bei dem Blick, den Anton ihm zuwarf, hätte Percy ihn am liebsten geschlagen.

"Hey Sabrina, wie geht's?", sprach er sie - Tonis Ellenbogen in seiner Seite spürend - schließlich an. "Mir selbst gut, nur die Situation ist halt einfach blöd", antwortete sie ihm. "Ja, das versteh ich. Du siehst trotzdem echt gut aus!", versuchte er, sie etwas von der ganzen Misere abzulenken.

"Danke, geht's dir gut? Mega, dass du so viele Leute fürs Spielen mobilisieren konntest!", sagte sie, als Toni "Ich hab dir doch gesagt, dass wir spielen werden!", einwarf. "Wenn ich dich sehe, muss es mir doch gut gehen. Aber was genau habt ihr eigentlich vor und wo ist eigentlich euer Kollege? Luca oder?", ignorierte er Tonis Freudenausruf darüber, dass er recht hatte.

"Ach, du Schleimer. Luca kommt nach, er packt noch die restliche Hardware bei uns ein. Wirklich krass. Alina hat uns die gesamte Technik abreißen lassen und wollte sofort hierher fahren. Den Plan lässt du dir am besten von ihr erklären", antwortete sie leicht errötend.

"Ah ok dann wird sie das sicher gleich machen. Ja, sie hat München, denke ich, immer gehasst. Auf dem Land ist es auch einfach schöner", sagte er, sich innerlich darüber freuend, dass sein Kompliment anscheinend funktioniert hatte.

"Verständlich, ist auch echt schön hier - wohnst du hier?", wollte Sabrina von ihm wissen. "Nein, das Haus gehört meinen Eltern. Ich habe eine eigene Wohnung am anderen Ende des Orts, aber da ist nicht genug Platz für unser Vorhaben", antwortete Percy auf ihre Frage. "Seit wann ist Alaska das andere Ende des Orts?", lachten Toni und Kevin plötzlich los. Sabrina quittierte diese Aussage nur mit einem unverständlichen: "Hä?", wodurch Percy ihr kurz ein bisschen was über das Dorf, in dem sie waren, erklären musste.

"Achso, ja der Ortsteil, in dem ich wohne, gilt hier als klein Sibirien, alles gut Alina - was ist der Plan?", versuchte er schnell das Thema zu wechseln, als er bemerkte, dass Kevin für eine ausführlichere Erklärung Luft holte.

"Ah ok, ja dann lassen wir mal den Smalltalk. Danke erstmal, dass wir hier sein dürfen und, dass ihr alle da seid. Ihr helft mir wahnsining." Alina begann ihre Ansprache, bevor sie den Stand der Dinge für alle zusammengefasste, auch wenn sie sich nach kurzer Zeit dazu entschloss, einfache, nicht hohe technische Worte zu benutzen, da Ludwig sie nicht verstand und sie ihm diese immer erklären musste.

"Ja und da sind wir jetzt. Der große Unbekannte hat das Spiel so gehackt, dass Hyperion, einer der Endgame-Bosse, gerade frei durch die Welt schwebt. Alle Backup Kopien mit älteren Safe Files und der Blanke Spiel Code sind aktuell nicht zugänglich, wir kommen nicht ran. Wenn Spieler so gerade in der Welt rumrennen, ist a) die Spielerfahrung völlig im Arsch und b) werden 95 Prozent der Story gespoilert. Und das wäre für den Erfolg des Spiels tödlich. Daher haben wir uns einen Plan überlegt. Alle Spieler sind aktuell vom Spiel gesperrt, niemand kann sich einloggen, das haben wir als Server Probleme verkauft, zwei oder drei Tage kauft man uns das in einer Beta problemlos ab, aber dann sollte das Problem gelöst sein. Der Plan ist es also, einmal hier in der Realität gegen den Hacker vorzugehen und ihn aus unserem System zu verdrängen und gleichzeitig in der Spielwelt das Spiel durchzuspielen, um damit die Welt neu zu starten. Eigentlich dürfte das gar nicht möglich sein, aber mit einer Gruppe aus gut zusammenarbeitenden Spielern, die wissen, was Sie tun müssen, ist es theoretisch möglich. Ich kann auch euren Charakteren mit einem Item für Doppelte XP starten lassen, sodass ihr schneller stärker werdet", erklärte sie weiter.

"Doppelte was?", wollte Ludwig wissen, der zwar die letzten paar Fremdwörter ignoriert hatte, aber hier wieder wissen wollte, um was es geht.

"Doppelte XP. Das sind Erfahrungspunkte, also quasi das, was bestimmt, wie gut du in etwas bist und wie schnell du vorankommst.", erläuterte Alina ihm kurz den Begriff. "Sag das halt gleich", meinte dieser daraufhin.

Der Blick, den Alina Percy zuwarf, sagte nur, was macht der hier, der hat keine Ahnung.

Percy versuchte mit seinem Blick, ich weis es nicht, er war einfach da, zu sagen, aber vermutlich sah es eher so aus, als hätte er starke Verstopfungen.

"Also - grob zusammengefasst müsst ihr mit einer Reihe von Side Quests Leveln, bevor ihr ein oder zwei Eastereggs nutzen könnt, um relativ schnell die gesamte Story zu skippen und dann das Spiel besiegen könnt. Ich will euch aber nicht mit Infos fluten und natürlich auch etwas Spannung aufrechterhalten, daher bekommt ihr die Anweisungen einfach dann, wenn ihr sie braucht."

Um das Spiel am einfachsten besiegen zu können, brauchen wir mindestens einen Magier. Am besten einen Elf oder einen Mensch, einen Krieger, Ork, Troll oder Zwerg. Einen Marksmann, Elf oder Ork und einen Paladin, Zwerg oder Mensch. Alles weitere könnt ihr nach Belieben aussuchen. Die Skillungen für euren Charakter würde ich euch aber auch sagen, hier brauchen wir maximale Effizienz„, schloss Alina ihren Vortrag ab.

"Was spielst du?", wollte Percy wissen.

"Ich kann leider nicht mitspielen. Ich arbeite hier von außen an einer Lösung, zusammen mit Luca. Aber Sabrina wird mit dabei sein", antwortete Alina.

"Ich führe euch Ingame an, sodass wir schnellstmöglich weiterkommen, ich spiele aber auch eine andere Klasse als Alina gerade ausgezählt hat, die habe ich mir gleich reserviert", übernahm Sabrina das Wort und startet damit in ihre Rolle als Raidleaderin. "Ah ok, ich spiele den Magier", reservierte Toni sich gleich seine Lieblingsklasse. "Da hab ich schon Übung." "Ich nehme den Schützen, wenn's passt", setzte Julian das Auswählen der Rollen fort, bevor sich jemand den Schützen vor seiner Nase wegschnappen konnte. Den Spielstil, den diese in den meisten Spielen an den Tag legten, schätzte er sehr, da er in der Lage war, ohne Resourcen wie Mana in der Lage war, dauerhaft viel Schaden zu verursachen und trotzdem nicht an vorderster Front stehen musste. "Ich spiele den Tank, einer muss euch ja alle retten", verkündete Kevin. Seit er in einem Heroshooter entdeckt hatte, dass Tanks langsamer sterben als alle anderen Klassen, mochte er diese Klasse.

"Ich versuchs dann mal als Paladin", nahm Percy sich die letzte noch verfügbare Klasse. In D&D hatte er seine Vorliebe für diese Klasse entdeckt und war daher zufrieden damit, dass er nur noch diese abbekam. "Und was soll ich machen?" wollte Ludwig wissen, dem auffiel, dass nichts mehr übrig war. "Am besten du startest einfach das Spiel und schaust was dir gefällt" nahm Toni die Zügel in die Hand, nachdem er bemerkte, dass Sabrina und Alina sich beide mit großen Augen anschauten, da sie nicht wussten, was sie jemanden, der offensichtlich so gut wie keine Vorerfahrung hatte, spielen lassen sollten. "So mach ma des", kommentierte Ludwig glücklich darüber, doch mitmachen zu können, diese Idee. "Also gut, wenn dann die Rollen verteilt sind, ist hier das nächste Problem. Ihr startet teilweise in verschiedenen Startgebieten. Heißt ihr könnt nicht von Anfang zusammenarbeiten. Sabrina korrigier mich, wenn ich was falsches sage, aber ich denke das sinnvollste wäre es, das ganze auf zwei bis drei Rassen zu beschränken, also du als Assassine und Anton als Magier als Menschen. Percy als Paladin und Kevin als Krieger als Zwerge und dann Julian als Schützen als Elfen und Ludwig am besten auch als Elfen, dass Julian nicht alleine ist am Anfang, oder?", fragte Alina ihre Mitarbeiterin.

"Ha Doppel-Speerspitze!" Diesen Ausruf konnte sich Kevin nicht verkneifen, aber das zufriedene Grinsen Percys bestätigte ihn in seiner Idee.

"Ja, macht Sinn, oder den Schützen als Ork, etwas zusätzlich Muskelkraft schadet, glaub ich nicht", antwortete Sabrina ihrer Chefin.

"Ja hast auch recht, was wäre euch denn lieber?" fragte sie die beiden Betroffenen. "Ich hab keine Ahnung, ich halt mich da raus", gab Ludwig offen zu und genehmigte sich einen Schluck aus seiner Flasche. "Also ich würde lieber nen Ork spielen" war Julians Meinung zu dieser Frage.

"Dann spielt ihr Orks. Ich glaube das Tutorial spielen geht eh schneller als euch alles über das Spiel zu erzählen, sagt mir dann bitte nur Bescheid, wenn ihr euch Perks und Waffen aussuchen dürft, dann sag ich euch wie ihr es auf maximale Effizienz ausrichten könnt. Wenn ihr im Spiel seid, spielt einfach das Tutorial durch und macht euch mit der Steuerung vertraut. Die Quests, die ihr danach bekommt, sind klassenspezifische, an denen führt leider kein Weg vorbei. Ich kann mir zwar vorstellen, dass das schwer wird, aber bitte versucht die Open World nicht zu erkunden. Da könnt ihr auch hunderte Stunden reinstecken und die haben wir nicht. Sobald ihr eure Klassenquest durch habt, trefft euch in eurem Startdorf mit eurem Mate, seid ja immer zu zweit und macht euch dann gemeinsam auf den Weg nach Vlaxmery. Das ist die Hauptstadt von Ilthatria. Dort könnt ihr relativ leicht Gold verdienen und vernünftige Ausrüstung kaufen und von dort aus die nächsten Quests spielen. Habt ihr Fragen?", erklärte Alina weiter den Plan. "Zu viele" war Ludwigs Antwort auf ihre abschließende Frage, aber Toni beruhigte ihn damit, dass er ihm versprach, es ihm gleich alles zu übersetzen.

"Du bist ja hier im Raum, oder?", wollte Julian wissen. "Ja, ich helfe gerne, wenn es Probleme gibt", sagte sie. "Dann komm ich klar. Ludwig, sowas schon mal gespielt?" fragte er seinen neuen Gaming Buddy. "Nein, aber dafür hab ich ja dich dabei", erwiderte dieser, die Augen voller Fragezeichen.

"Kevin, ich denke, wir kommen zurecht, oder?" wollte Percy von seinem Mate wissen. "Ja, wer, wenn nicht wir?" war die erwartete, leicht großkotzige Antwort darauf. "Und ich hab ja ne Professionelle bei mir." Anton bemerkte direkt, was er da gerade gesagt hatte. "Bitte was?" starrte ihn Sabrina an. "Äh ja, ne, ich meinte, weil du das ja beruflich…" stotterte er leicht panisch zurück. "Alles gut, ich weiss wie's gemeint war. Ja ich bin als die Profesionelle für euch Jungs da", sagte Sabrina und nahm damit Toni seine Angst, etwas Dummes gesagt zu haben.

"Jetzt wirds ja doch noch interessant!" schaltete sich Ludwig dazu ein.

"Okay, interessante Entwicklung. Willst du mir was sagen Sabrina?" wollte Alina lachen wissen.

"Was ist eigentlich mit Essen?" versuchte Toni das Thema zu wechseln.

"Achso ja, Luca wollte Pizza mitbringen. Jetzt ist es 7 Uhr, gegen halb 9 sollte er da sein. Ich hoffe, das passt euch." verkündete Alina.

"Normal nicht, aber ich will jetzt sofort in das Spiel!" Langsam wurde Julian ungeduldig. Die VR Brillen, die mittlerweile vor ihnen lagen, lachten ihn immer mehr an.

"Dann ist ja gut. In der Zeit solltet ihr gemütlich den Charakter Editor und das Tutorial schaffen. Ich würde sagen, ich gebe euch einfach die Headsets und ihr schaut mal wie ihr klar kommt und wir sehen uns dann gleich zur ersten Lagebesprechung und zum Essen wieder. Ich baue in der Zeit mal einen Haufen Technik auf." fuhr Alina weiter fort und begann damit die Geräte auszuteilen. Für Anton war es nichts Neues, daher setzte er sein Headset routiniert auf. Sowohl Julian, als auch Percy, hatten in der Vergangenheit andere VR Spiele gespielt, bewunderten allerdings das schlichte, silberne Design der Brille und machten sich voller Ehrfurcht langsam startbereit. Bei Kevin und Ludwig sah die Sache anders aus. Beide brauchten die Hilfe von Sabrina und Alina, um auch in ihr digitales Abenteuer starten zu können. Als nächstes Problem tat sich auf, dass fünf Leute in einem Raum mit VR Brillen dazu neigen, sich gegenseitig über den Haufen zu laufen. Dies konnte allerdings durch digitale Cages und geschicktes Platzieren der Spieler im geräumigen Wohnzimmer schnell gelöst werden.

Und so machten sie sich auf nach *Iltharia*, um das Schicksal des Spiels in der Realität und im Spiel gleichzeitig zu retten. Zwischen den Welten.

Kapitel 14: ein neuer Aufbruch nach Iltharia

Julian

Das ist sogar besser als in allen anderen Trailern. Er hatte zwar schon viele Role Play Spiele gespielt und war auch schon mehrfach in der VR unterwegs gewesen, aber das hier toppte alles. Allein der

Charaktereditor war schon ein Erlebnis für sich.
Normalerweise hätte er sich für das Design seines
Ork-Schützen viel Zeit genommen, ein, zwei Stunden
wären leicht drin gewesen, aber aufgrund der Situation
klickte er zum ersten Mal in seiner Gaming Karriere
einfach den vorgeschlagenen Standard Charakter
durch, um diesen zu bestätigen. Kurz darauf fand er
sich in einem dunklen Wald wieder. Alles um ihn herum
wirkte irgendwie bedrohlich und wild und extrem rau
und ruppig. Das musste wohl das Startgebiet der Orks
sein. Tatsächlich konnte er in etwas Entfernung auch
eine kleine Siedlung ausmachen. Auch, wenn die
"Siedlung" vielleicht nicht das richtige Wort war. Eher
eine Ansammlung von grob gebauten Hütten rund um
eine zentrale, große Feuerstelle.

Auch andere seiner Artgenossen konnte er in der
Entfernung erkennen, allerdings zu weit entfernt, um
Details zu erkennen.

Nur eine Gestalt konnte er näher erkennen. Langsam
näherte sich ihm ein uralter Ork mit narbenübersähtem
Gesicht und einer langen, tiefen Furche, da wo eins
seiner Augen hätte sein sollen. „Ah vermutlich ein NPC
fürs Tutorial", die Steuerung fand er bisher höchst
intuitiv und so ging er dem auf einen Stock gestützten
Ork entgegen.

Percy

Er hatte sich schon gedacht, dass *Iltahria* wirklich das
Spielen auf ein neues Niveau heben musste. Alles, was
er von Alina, Sabrina und Toni gehört hatte, passte
perfekt zu den Werbungen, die er gesehen hatte. Aber
damit hatte er nicht gerechnet, als er seinen
Zwergen-Paladin Testhalber ein paar Meter nach vorne
schickte. Offensichtlich befand er sich im Gebirge, um
ihn herum sah er verschneite Berge und Steine. Die
gesamte Grafik war kaum von der Realität zu
unterscheiden. Alina hat etwas von einer
rassenspezifischen Start-Siedlung erzählt. Nach dieser
sah er sich um, aber alles, was er aber fand, waren
zwei Zwerge, die mit Hellebarden im Anschlag ein
steinernes Tor im Berg bewachten. Nach kurzen
Bedenken kam er aber zum Entschluss, dass eine
Zwergensiedlung im Berg durchaus Sinn ergab und
plötzlich sah er auch einen Zwerg deutlich kleiner, als er
selbst aus dem Tor hinaus treten würde. Offensichtlich
ein Zwergenkind, der Bart fehlte. Wie sich herausstellte,
hatte er recht. Nachdem sich der Kinderzwerg als
Tochter des hiesigen Bergfürstes vorstellte und anbot
ihn herumzuführen, startete die Mission.

Ludwig

"So eine Scheisse!" Technik und Spiele waren noch nie seins gewesen, aber jetzt saß er hier und musste mit diesem komischen VR Zeug klar kommen. Zuerst wollten sie von ihm, dass er etwas, was er für seine Spielfigur hielt, anpasste. Er hatte einfach blind auf die Textbox mit akzeptieren geklickt. Auch wenn es fast unfassbar war, wie hässlich er war. Jetzt fiel ihm auch wieder ein, woher er den Begriff Ork kannte. Die gabs immer in diesen komischen Fantasy Filmen. Danach sollte er noch eine sogenannte Klasse wählen. Überall stand viel Text und so entschied er sich für das erste, was ihm vorgeschlagen wurde. Auch, wenn er keine Ahnung hatte, was ein Barde sein soll, aber das würde er wohl noch lernen. Doch darauf, was danach passierte, war er nicht vorbereitet. Plötzlich stand er mitten in einem gruseligen Wald und mit jeder Bewegung seiner Augen und Hände bewegte sich seine Figur. Nachdem er sich ein paar Mal im Kreis gedreht hatte, rief er einfach mal "Hilfe" in den Raum und ließ sich die grundlegende Steuerung erklären. Nicht seins, das merkte er jetzt schon. Aber so schnell aufgeben wollte er auch nicht und da er eh nichts anderes zu tun hatte, versuchte er es einfach weiter.

Sabrina

Sabrina spielte das Tutorial für die Steuerung und das Assassinen Intro in Rekordzeit durch. 21 Minuten und 32 Sekunden. So schnell war sie noch nie in einem Testlauf gewesen. Aber perfekt, so hatte sie noch Zeit für eine Mission, bevor die anderen fertig waren. Die Mission, die sie wählte, wurde ihr weder von einem NPC gegeben noch fand man Informationen darüber am schwarzen Brett. Genauer gesagt waren es sogar zwei Missionen, die sie spielen wollte, auch wenn sie zusammenhingen. Wenn sie bei einem Hof einige hundert Meter vor ihrem Dorf am Brunnen entlang gingen, könnten sie live sehen, wie ein Hund in den Brunnen des Gehöfts fiel. Und, wenn sie schnell genug handelte, konnte sie ihn vor dem Ertrinken retten. Die Belohnung dafür war nicht mehr als etwas gute Reputation für ihre Klasse und ein paar Silberstücke, aber der interessante Teil kommt danach und so machte sie sich auf den Weg. Genau wie sie erwartet hatte, fiel der Hund unter dem Jammern und Hilferufen einiger Kinder in den Brunnen. Sabrina übersprang die Dialog Optionen, die es hier gab. Da sie sie ja selbst geschrieben hatte, kannte sie diese eh auswendig und rannte weiter auf den Brunnen zu. Zwei Meter vor den Kannte ließ sie ihre Assassinin mit einem Vorwärtssalto in den Brunnen springen, im Wissen das dieser nur wenige Meter tief und mit Wasser gefüllt war, griff den Schäferhund, der unten im Wasser um sein Leben schwamm an der Hüfte und kletterte mit der anderen Hand wieder nach oben. Klettern war eine der Fähigkeiten, die sie wohlwissend ausgewählt hatte, nicht nur für diesen Einsatz.

Den Hund ließ sie kaum, dass sie aus dem Brunnen heraus war wieder fallen und ließ sich in gekonnter Speedrunner Manier wieder zurück in den Brunnen fallen. Das Silber, das sie für den Auftrag bekam, verstaute ihre Spielfigur noch während dem Fallen in ihrer Tasche. Zurück im Wasser, tauchte sie unter und begann damit, auf den Grund des Brunnens zu tauchen. Sie bemerkte die Sauerstoff-Leiste, die sich plötzlich aufgetan hatte. Nur nebenbei beachtete sie diese, aber auch nicht weiter, da sie wusste, dass ihre Luft ausreichte. Am Boden angekommen, sah sie sich kurz um und suchte nach der Öffnung. Diesen Geheimgang hatte sie zusammen mit Luca dort platziert. Nur Spieler, die den Hund retteten, hatten eine Chance ihn zu finden und solche Charisma Spielereien gefielen ihr in Spielen immer gut.

Nachdem sie den Gang einige Meter entlang getaucht war und sich das Piepen, das auf einen sinkenden Sauerstoff Spiegel hinwies, bemerkbar machte, sah sie nach oben und schwamm die Öffnung an, die sich offenbarte. Oben angekommen kletterte sie aus dem Wasser und dachte sich dasselbe wie jedes Mal bei solchen Passagen in Spielen. „Wer zur Hölle hält hier eigentlich die Fackeln am Laufen?" Die Kreatur, die hinter der nächsten Abzweigung wartete, war es sicherlich nicht, so viel war klar.

Bevor sie an der nächsten Ecke ankamen, wechselte sie in einen Assassinen-Speziellen Modus. Niemand konnte so gut schleichen und Gegner umgehen wie diese Klasse. Da sie zusätzlich auch wusste, in welcher Route und Geschwindigkeit sie die Kammer durchqueren musste, welche sich vor ihr auftat, war es ein leichtes die riesige hässliche Kröte zu umlaufen und ohne einem Kampf, den sie mit einem Level eins Charakter definitiv verloren hätte, an das Skelett in der rechten hinteren Ecke zu gelangen. Die Ausrüstung, die man Skeletten entnehmen konnte, war meistens Müll, aber hier handelte es sich um eine der wenigen Ausnahmen.

Das leichte orange Schimmern am Gürtel der Leiche ließ dies für geübte Augen erahnen und die kurze heroische Melodie, die beim Aufnehmen des Dolches begann, sollte es wirklich jedem klar machen, dass es sich hierbei nicht um eine gewöhnliche Waffe handelte. In der Hintergrundgeschichte des Spiels war das Skelett, dem sie die Waffe entrissen hatte, der letzte bekannte Besitzer dieser legendären Reliktwaffe. Diese Klinge gehörte einem der größten Helden, von denen Großväter ihren Enkeln in der Spielwelt erzählten. Ein bisschen wie Robin Hood war dieser stets bemüht, sich um die Armen der Welt zu kümmern und besiegte Monster und Banditen für alle, die Hilfe brauchten. Als Bezahlung akzeptierte er stets nur so viel, wie sich seine Auftraggeber leisten konnten. Wenn es sich hierbei nur um ein Bett für eine Nacht und eine Schüssel Hafergrütze handelte, war ihm das auch egal. Aber eines Tages war er plötzlich verschwunden.

Der Klinge wurde nachgesagt, dass sie jede noch so starke Kreatur mit einem einzelnen gezielten Stich töten könnte, da sie sowohl Gift als auch Magie in sich trug. Aber Ausnahmen bestätigen bekanntlich die Regel. Und diese Kröte war eine der Ausnahmen.

One Shot Kills gegen alles konnte man auch hiermit nicht leisten, aber zumindest war es die stärkste Waffe, die man mit einem Assassinen spielen konnte.

Absoluter Endgame-Stuff eigentlich. Daher gab es auch einen zweiten bekannten Eingang in diesen Dungeon. Von der anderen Seite musste man allerdings deutlich mehr, teilweise viel stärkere Gegner als eine riesige Kröte besiegen, bevor man hierher kam. So hätten aufmerksame Spieler, mit gutem Herz also als einzige die Chance, bereits zu Beginn an eine so mächtige

Waffe zu kommen. Aber sogar der Kampf gegen die Riesenkröte war für Spieler unter Level zehn eine beinahe unlösbare Herkulesaufgabe, schleichen war also unabdingbar. Eine nette Anekdote auf den alten Träger der Klinge, der auch meist den Hinterhalt und die List einer offenen Konfrontation vorzog.

Den Rückweg trat sie ebenso routiniert wie alles andere bisher an und steuerte ihre Figur noch schnell an den Fuß des Schattengrats, wo sich sich später mit Toni zusammenfinden würde. Bis dahin wollte sie die Zeit aber nutzen und Alina kurz helfen.

Nachdem sie ihr Headset abgenommen hatte, legte sie los und sprach Alina an, die gerade eine Kiste voller Kabel auspackte.

"Tutorial durch, neue Bestzeit." Leicht geschockt legte sie die Kiste ab und fragte: "Hast du wirklich meinen Rekord gebrochen?" Sabrina hatte schon oft versucht, Alinas Zeit zu knacken, aber heute hat sie es zum ersten Mal geschafft. "Ja. Hab mir sogar noch schnell die Klinge von Garos geholt." Alina hatte sich vom ersten Schock über ihren verlorenen Rekord erholt und ließ sich nicht länger von ihrem Ego leiten. "Clever, damit solltest du keine Probleme mehr im ganzen Spiel haben. Aber heißt das das, was ich denke?„ Auf halber Strecke im Satz hatte sie etwas realisiert, dass sie eigentlich hätte verägern sollen, aber da es ihnen in der Situation half, war sie glücklich darüber.

"Ja... ich hab den Eingang nicht zugebaut. Ich dachte mir, die Zahl der Spieler, die Garos Klinge schon zu Beginn finden, ist so klein, dass es als Easteregg durchgeht, vor allem mit Blick auf Garos Geschichte." Leicht bedrückt darüber, dass aufgefallen war, dass sie ihren Auftrag, das Loch im Brunnen zu schließen, ignoriert hatte, ließ sie kurz ihren Blick sinken. "Naja, darüber reden wir, wenn das hier vorbei ist", beschloss Alina, die Sache ruhen zu lassen. Wenn es Sabrina wirklich wichtig war, solche Easter Eggs einzubauen, wollte sie sich deshalb nicht mit ihr streiten. Dafür war sie ihr eine zu große Hilfe. Um von sich abzulenken, fragte Sabrina schließlich, wie es denn bisher lief. "Ich stecke noch im Aufbau. Allen die Perks und Waffen zu diktieren hat lange gedauert. Zuerst dachte ich ja, schlimmer als bei Kevin kanns nicht laufen, aber Ludwig hat mich echt fast gebrochen. Das war mal ne richtig schwierige Geburt." Verwundert darüber, was er hier eigentlich wollte, antwortete sie ihr. "Ja, ich weiss auch nicht, ob das so ne clevere Idee mit einem absoluten Hardcore Noob ist." Alina runzelte kurz die Stirn und setzte zu einer Antwort an. "Naja, vermutlich nicht, aber er plappert wenigstens nichts aus, deshalb können wir ihn ja einfach mal mitspielen lassen, dachte ich mir.

Wenn er zur Belastung wird, kannst du ihn aber gerne jederzeit aus der Gruppe werfen, falls er euch aufhält. 40 Minuten sind noch Zeit für die anderen zu trainieren, aber schau mal, Toni ist offenbar auch fertig." Anton, der sich sein Headset vom Kopf nahm und die beiden Frauen sah, begann gleich damit, sich in das Gespräch mit einzuklinken. "Beim zweiten Mal geht es gleich viel besser." "Ja, das sicherlich, lief alles?", wollte Alina wissen, die gerade eins der Kabel in einen Monitor steckte: "Ja, Hansathor war begeistert, wie schnell ich die Zauber gelernt habe. Er wollte mich auch sofort danach wieder zum Drachen schicken, aber ich habe abgelehnt und bin wieder runter gelaufen. Die hübsche Assasinin am Beginn des Weges bist du Sabrina, oder?" erwiderte Toni. "Ja, Danke. Hast du dich da ausgeloggt?", wollte Sabrina von ihm wissen.

"Ja, hab ich." antwortete er. "Warte mal, ist Percy auch schon durch?"

"OH MEIN GOTT IST DAS GEIL!" rief dieser lauthals zu Sabrina und Alina, noch während er sich das Headset vom Kopf riss. "Ich hab zwar grad alles gegeben für einen schnellen Run, aber das war das Beste, was ich je in einem Spiel gesehen habe. Ich freu mich so auf den Rest, wenn die Paladin Fähigkeiten noch krasser werden wird das der Wahnsinn. Die Flügel sind zwar noch relativ nutzlos, aber das bleibt nicht so, oder?"

"Nein, damit wirst du viel Spaß haben", beantwortete
Sabrina seine Frage. "Wo ist hier eigentlich das Bad?"
Percy bot ihr Hilfe an und führte sie hin. Am Bad
angekommen, wollte Percy gerade wieder zurückgehen,
als Sabrina das Wort ergriff. "Danke - warte noch kurz.
Ich finds toll, wie du Alina hilfst und was ihr ihr alle
gerade leistet. Danke dir! Und ich freue mich auch, dass
wir in den nächsten Tagen so viel Zeit miteinander
verbringen können."
Sabrina drückte Percy einen Kuss auf die Wange,
öffnete die Badezimmertür, trat hinein und schloss sie
wieder hinter sich.
Zurück bei den anderen angekommen, sprach ihn Toni
an. "Warum bist du feuerrot Percy?" Dieser fing an zu
stottern und schaute nur in Tonis grinsendes Gesicht,
bis er bemerkte, dass sich bei den Spielern etwas tat
und nutzte die Chance, um von sich abzulenken. "Was
passiert da drüben eigentlich?"
Während Julian gerade sein Headset vom Kopf nahm
und Alina mit Fragen und Komplimenten bombardierte,
war Kevin offensichtlich in einer Kampfsequenz, die mit
zahlreichen „Uh's" und „Ah's" unterstrich. Ludwig
hingegen drehte sich nur gebeugt im Kreis und fing an
zu fluchen: "Scheissdreck, Scheisse verdammte, hilft
mir wer?" Alina erbarmte sich als erstes und fragte, was
los sei. "Alles dreht sich" war Ludwigs Antwort. "Bleib

mal stehen", riet ihm Alina. "Oh, ich habe versucht gegenzusteuern. Naja, jetzt gehts. Danke!" Alina fragte ihn im Anschluss, wie weit er sei, woraufhin Ludwig erwiderte: "Da gehen immer zwei so blöde Uhus auf mich los!"

"Uhus?" sagte Alina fragend in den Raum. "Ich glaube, er meint einfach Gegner, Uhu ist einfach ein Ausdruck", löste Toni ihre Verwunderung auf. "Achso - konzentrier dich zuerst auf einen und block den anderen nur. So wie, wenn du in echt kämpfen würdest, sind die Bewegungen völlig intuitiv." Ludwig quittierte diesen Tipp mit den Worten. "Jetzt bin ich tot." Alina verdrehte kurz die Augen und atmete einmal durch, bevor sie anfing weiter zu coachen. "Versuchs nochmal. Danach hast du es geschafft - ist der letzte Teil des Tutorials." Noch bevor sie es herausfinden konnten, meldete sich Kevin, der gerade sein Headset abgenommen hatte, zu Wort. "Wild, richtig gutes Spiel. Auch, wenn ich glaube an Rekord aufgestellt zu haben." Während die meisten versuchten, das arrogante Getue einfach zu ignorieren, konnte Julian das nicht unkommentiert im Raum stehen lassen. "Für das meiste Rumgestöhne in einem Tutorial?" Kevin, froh darüber nicht ignoriert worden zu sein, konterte mit: "Nein - für die beste Zeit dies jemals gab." Noch bevor Julian etwas erwidern konnte machte nun Percy lachend weiter. "Nur Ludwig ist langsamer als du." Das wollte Kevin so nicht auf sich sitzen lassen.

"Ja, aber der Krieger ist sicher auch viel schwerer als Paladin oder Bogenschütze. Was ist eigentlich ein Paladin?" Percy, der froh war, dass das Gespräch wieder normal wurde, setzte an, um es ihm zu erklären.

"Ein Paladin ist so eine Art heiliger Krieger, der..."

"JAWOHL!", brüllte plötzlich Ludwig in den Raum.

"Geschafft?" fragte ihn Alina. Mit "Ja, wart, ich nehm mir das Ding vom Kopf", bestätigte er diese Vermutung.

Alina wollte nun die Chance nutzen und sich Feedback von einem Nicht-Gamer holen: "Und?"

"Ja, wenn man den Dreh mal raus hat gar nicht mehr so schlimm. Eigentlich hat es sogar echt Spaß gemacht, obwohl ich sonst die meisten Spiele ned mag, aber das ist cool", gab er als Rückmeldung, was Alina trotz der Situation ein kleines Lächeln auf die Lippen zauberte.

Pünktlich auf den Moment, da nun keiner mehr im Spiel war, klingelte es an der Tür. „Ding Dong".

Vom Hunger geplagt kommentierte Toni das Klingeln. "Hoffentlich ist das Luca, der Essen dabei hat!" Percy, ebenso hungrig, sagte gerade, dass er vorgehen wollte, aber plötzlich hörte er Sabrina, die offensichtlich gerade aus dem Bad gekommen war. "Ich geh schon, bin eh schon an der Tür." Die Hoffnungen der Hungrigen wurden wahr, als eine Stimme durch das Haus hallte: "Moin Leude, der Papa hat Pizza dabei!"

Kapitel 15: Kriegsrat

Während die Jungs durch das Anspielen von *Iltharia* eh schon gehyped und gut drauf waren, schaffte es das Essen auch die Anspannung der Mädels etwas zu lockern.

Trotzdem waren beide bei weitem nicht so locker, wie ihr männlicher Kollege, der die Situation deutlich entspannter sah als die beiden. Den Mund voller Pizza fragte dieser nämlich beinahe unverständlich schmatzend: "Alina - wie ist eigentlich die Lage?" Julian konnte sich das Lachen nicht verkneifen, als eine Salamischeibe aus Lucas Mund zurück in den Pizzakarton flog. "Wenn du den Rest vom Stück auch noch reinstopfst versteht man dich vielleicht besser!" Luca griff den Witz auf, fragte: "Meinst du?" und stopfte sich tatsächlich den Rest auch noch in den Mund. Aber noch bevor er die Chance hatte, weiter zu sprechen, schaltete sich Alina ein: "Versuchs gar nicht erst, mir wird schon schlecht, wenn ich dir beim Essen nur zusehen muss. Großartig arbeiten konnte ich noch nicht, aber das Setup steht. Die Jungs hier sind mit dem Tutorials durch und sollen in der nächsten Session groupen und dann anfangen zu leveln. Sabrina ist als Guide und vermutlich Carry mit dabei."

Beim Wort "Carry" wurde Kevin, der die letzten Minuten schweigend mit seiner Pizza verbracht hatte, nachdem er sich damit abgefunden hatte, dass Luca seine Lieblingspizza, Scharfe Salami mit Gorgonzola, Knoblauch und Peperoni nicht mitgebracht hatte, hellhörig und meldete sich zu Wort. "Wenn hier einer carriet, dann bin ich das!" behauptete er selbstironisch. Julian versuchte zwar einen Kommentar abzugeben, aber da er den Mund voll hatte, wollte er sich nicht mit Alina anlegen und so ergriff Toni die Möglichkeit. "Das einzige, was du Carriest, sind deine Hämorrhoiden." (Ja so schreibt man das wirklich.) "An einem guten Tag vielleicht noch deinen Kopf, wennst den nicht auch vergessen hast", setzte Julian, der mittlerweile den Mund wieder leer hatte noch einen drauf bevor er zum nächsten Bissen ansetzte. Kevin holte einmal kurz Luft und setzte dann zu seiner Antwort an, wurde allerdings schon nach wenigen Wörtern von Alina unterbrochen, die versuchte zu verhindern, dass das Gespräch zu weit abdriftete. "Auf jeden Fall brauche ich dich für den Part in der realen Welt", sagte sie zu Luca. "Oh schade, ich habe gehofft, spielen zu können. Aber okay, deine Entscheidung." Sabrina bemerkte Lucas traurigen Blick und versuchte, ihn zu trösten. "Du kannst auch gerne spielen, dann helfe ich draußen." Luca, der immer ein Problem damit hatte, wenn er Umstände verursachte, wollte dies aber so nicht hinnehmen. "Ah nein, ich will mich da nicht aufdrängen."

"Wir können uns ja abwechseln?" bot Sabrina als Kompromiss an, bis Alina sich wieder einmischte. "Vorerst brauch ich dich auf alle Fälle draußen. Du musst die Community beruhigen. Auf Reddit werden die wildesten Theorien verbreitet und unser Postfach explodiert bald." Froh darüber, zumindest nicht auf Fehlersuche im Code gehen zu müssen, antwortete er: "Community Manager Luca meldet sich zum Dienst." Alina, glücklich über seine Bereitschaft, diese in ihren Augen sehr undankbare Aufgabe zu übernehmen, blieb in ihrer Rolle und führte die Lagebesprechung zum nächsten Programmpunkt. "Sehr geil. Sabrina, willst du als Raid-Leader die nächste Taktik bekannt geben?" Sabrina versuchte sich nicht an der Pizza in ihrem Mund zu verschlucken, als sie übereilt zu antworten begann. "Sehr gerne, also versucht bitte alle auf kürzesten Weg nach Vlatemery zu kommen. Versucht Kämpfen auf dem Weg lieber aus dem Weg zu gehen, ich weis nicht was für Mobs vielleicht getriggert worden sind und durch die Welt kriechen, wenn ihr sterbt, spawnt ihr wieder in eurem Dorf und verliert eure Ausrüstung. Also, spielt bitte sicher. Wir treffen uns dann in einem Wirtshaus namens "zum Dorfbrunnen" - dort könnt ihr, wenn ihr vor den anderen da seid, gerne für den Besitzer questen. Ihr müsst dazu nur ein paar Ratten im Keller besiegen, nichts dramatisches aber es gibt ganz gute EP. Die Quest ist durch einen Bug beliebig oft wiederholbar. Sobald alle da sind, brechen wir auf und rüsten uns aus, ich hab da schon einen Plan."

Einen Moment brauchten alle, um die neuen Anweisungen zu verarbeiten. Als erster fing Ludwig an zu sprechen: "Wie finde ich das?" fragte er.

Sabrina beschloss, dieses Problem zu delegieren und schob es ab. "Halt dich an Julian, ich glaub er hat das im Griff. In jedem eurer Startgebiete könnt ihr auch Reittiere finden. Eigentlich sehr teuer, aber wenn ihr sie klaut und schnell abhaut, kommt ihr normalerweise den Dorfbewohnern ganz gut davon."

Toni beschloss, sich das Leben leicht zu machen und sagte zu Sabrina, dass er einfach hinter ihr bleiben werde. Sabrina, die mit nichts anderem gerechnet hatte, fuhr fort. "Guter Plan, wir laufen noch etwas zu Fuß und fahren dann mit einem Boot weiter. Das ist der schnellste Weg." Kevin, dem auffiel, dass er bisher gar keine Pferde gesehen hatte, fragte: "Hast du unsere Pferde gesehen Percy?" Percy war noch am überlegen, als Luca einen Kommentar abgab. "Oh, der wird enttäuscht sein." Kevin fragte misstrauisch nach, warum und Luca, der sein Grinsen nicht mehr zurückhalten konnte, antwortete ihm: "Zwerge kriegen keine Pferde. Ihr kriegt eine Art riesen Schaf." Beim rot anlaufenden Gesicht von Kevin mussten die meisten das Lachen anfangen, aber spätestens als er anfing über diese neue Information zu fluchen, war es um sie alle geschehen und sie kugelten sich vor Lachen. "Ein Schaf? Was zur Hölle soll ich denn mit einem blöden Schaf? Gebt mir ein Pferd oder irgendwas, das fliegen kann, aber doch kein beschissenes Schaf! Wer denkt sich denn so einen Scheiss aus?" Alina schaffte es als erste, wieder die Fassung zu gewinnen und versuchte, ihn zu beruhigen. "Keine Sorge, die Schafe sind viel besser als Pferde. Robuster und loyaler, außerdem im Kampf viel nützlicher. Für die Speerspitze definitiv angemessener als so ein gewöhnliches Pferd." Nachdem ihm nun etwas der Bauch gestreichelt worden war, beruhigte er sich beinahe umgehend wieder und war mit der Situation ein Kampfschaf zu bekommen, mehr als zufrieden.

Percy und Anton werfen Alina einen anerkennenden Blick zu, dafür, wie sie es geschafft hat, die Situation so einfach zu retten.

Sabrina, die sich langsam auch wieder unter Kontrolle bekam, wollte nun den anderen erklären, wie sie ihre Pferde erhalten können. "Julian, Ludwig, bei euch gibt es Pferde, versucht nur schnell abzuhauen und haltet ungefähr fünf Minuten nicht an, dann sollten eure Verfolger umdrehen. Für Ludwig war die Aussicht, Pferde zu klauen, das erste, was ihm so richtig an dem Spiel gefiel. "Geil, Pferde klauen." Für Julian wiederum war die [1]Aussicht, mit Ludwig zusammen Ingame Pferde zu klauen, eher weniger berauschend. "Das kann ja nur in die Hose gehen", seufzte er. "Aber kriegen wir hin", ergänzte er, nachdem er einmal tief Luft geholt hatte. Alina, glücklich darüber, dass zumindest hier einmal alles nach Plan lief, kommentierte die letzten Minuten. "Perfekt. Es ist schon etwas spät jetzt. Wollt ihr heute noch spielen oder lieber erst morgen starten?"

Alle hatten mittlerweile aufgegessen, nur Kevin und Toni stritten sich gerade um die Reste, die Alina übrig gelassen hatte und so gab Percy seine Meinung zu dieser Frage kund: "Saublöde Frage, los gehts, oder?" Auch der Rest stimmte ein, nachdem Toni und Kevin die übrigen Stücke der Pizza aufgeteilt hatten. Julian hingegen hatte währenddessen schon wieder seine Ecke im Wohnzimmer bezogen und setzte sich sein Headset auf.

---

[1]

Kapitel 16: Spießrutenlauf

Toni und Sabrina

Toni loggte sich ein und sah, dass sich Sabrinas Figur anfing zu bewegen, daher begrüßte er sie. "Hello There." Der weibliche Charakter drehte sich um und begann zu sprechen: "General Kenobi." Toni, der als Dorfkind nicht viele Mädchen kannte, die sich mit Star Wars Zitaten auskannten, konnte seinen Ausruf nicht verhindern: "GEIL!"

„Was denkst du denn? Wie hässlich sieht eigentlich dein Charakter aus?" Toni wollte diese Kränkung so nicht hinnehmen und erwiderte: „Hey, die Latzhose kommt super!"

„Wenn du meinst", war alles, was Sabrina dazu sagen wollte. Bevor Sie weitersprach. „Komm mit, wir müssen hier entlang."

Ohne größere Zwischenfälle machten sich die beiden auf den Weg zu einem Platz, den Sabrina Aufurt nannte. Hier verluden Händler Waren aus den Menschen- und Zwergenreichen auf Flöße, um sie damit in die Städte von Ilthatria zu transportieren. Alle Gegner, denen sie auf dem Weg begegneten, machten

Sabrina den Gar aus, meist noch bevor Toni diese bemerkte. Die Tatsache, nur Passagier und keine Hilfe zu sein, gefiel ihm gar, weshalb er sagte: „Lass das nächste Mal für mich." Sabrina zögerte kurz, aber stimmte ihm dann zu. „Wie du willst, davor schleicht ein Goblin rum." Toni sah sich kurz um und entdeckte das kleine grüne Wesen. „Hab ich im Griff." Jetzt passierte alles ganz schnell und Sabrina versuchte noch, Toni von seinem Vorhaben abzuhalten, aber dieser hatte bereits die Hände in der Luft und kanalisierte seine Kraft für einen derart großen Feuerball, dass nicht nur der Goblin, sondern alles im Umkreis von 30 Metern wie nach dem Einschlag einer Atombombe aussah. „SO EIN GROßER FEUERBALL, JUNGE." Sabrina fand diese Aktion jedoch nicht ansatzweise so lustig wie Toni. „WAS STIMMT NICHT MIT DIR?!?!?"

Toni bemerkte gerade, dass er am Boden lag und Sabrina auf ihm. In dem Moment, wo er den Feuerball losgeschickt hat, hatte sie ihn nämlich umgetackelt und warf sich einen Schildzauber sprechend auf ihn.

„Du hast uns grad fast beide umgebracht!", schrie sie ihn weiter an. Toni verstand die ganze Aufregung nur halb, da sie ja schließlich beide unverletzt waren, und antwortete daher: „Ja, aber nur fast. Danke fürs Retten. Aber der Goblin ist kaputt."

Sabrina, die sich langsam etwas beruhigte, sprach weiter. „Ja, der auch, genauso wie alles von hier bis nach Timbuktu." Und du kannst ca. 30 Minuten nicht mal mehr einen Kiesel zum Schweben bringen, weil du dein gesamtes Mana in dieses Inferno gesetzt hast. " Toni, der langsam erkannte, was er getan hatte, gab langsam seine Schuld zu. „Ja, ich muss das noch ein bisschen mit dem Dosieren üben, aber lieber zu viel als zu wenig." Sabrina, die langsam die Hoffnung aufgab, versuchte es mit einer anderen Methode. „Ich kann dir später dein Mana-System erklären, wir sind eh gleich da. Verhalte dich bitte unauffällig und überlass mir das Reden."

Toni, der jetzt seine Chance witterte, wirklich helfen zu können, sagte: „Aber ich habe Charisma gelevelt."

Sabrina war jetzt der Verzweiflung nahe. „Warum denn das? Ich hab doch gesagt, du sollst nur in Mana-Regeneration, Ausdauer und arkane Power leveln."

Toni merkte, dass diese Aussage in der aktuell noch leicht angespannten Situation vielleicht doch nicht so schlau gewesen war. „Ja, ich bin da drauf gekommen, sorry."

Sabrina, die einsah, dass sich darüber aufregen nichts brachte, versuchte cool zu bleiben. „Mhm, verdammt. Naja, jetzt ist es eh zu spät. Lass trotzdem mich reden, ich hab die NPC's kreiert."

Toni hatte die Idee, dass er vermutlich besser fuhr, wenn er einfach tat, was sie von ihm wollte, und sagte deshalb: „Okidoki, ich überlass es der Professionellen."

Sabrina, die aufgrund der Anspielung schmunzeln musste, war dankbar für seine Erkenntnis und hoffte, dass er sich an sein Wort hielt. „Das da vorne ist Elrik. Wenn wir ein bisschen schleimen, reicht das Silber, das ich habe, dass wir bei ihm mitfahren können. Mach einfach nichts Dummes und sag nichts." Sie gingen noch um eine Kurve, bevor sie an dem kleinen Floßhafen ankamen. Von Pferden und Eseln gezogene Planwagen voller Waren wurden hier unter geschäftlichen Treiben auf Flöße verladen. Die Stimmung war laut und ein gewisser Dauerstress lag in der Luft. Doch Toni kam nicht dazu, sich weiter umzusehen oder die Umgebung in sich aufzusaugen, da er lieber versuchte, Sabrina nicht weiter zu verärgern, und ihr deshalb wie ein Schoßhund folgte.

Plötzlich hielt sie bei einem der Händler an. Dieser hatte ein freundliches, aber auch verschmitztes Lächeln und trug einen stattlichen Bauch vor sich her. Sie begrüßte ihn, woraufhin dieser antwortete. „Seid gegrüßt, wo schleifts denn?" Sabrina hatte die NPC's in dieser Gegend entwickelt. Die meisten hier hatten keine großartige Storyline, aber die Interaktion mit diesem Exemplar konnte sich wirklich lohnen. Solange man ihn nicht verärgert. Sobald er wütend wurde, konnte er ausbrechen wie ein Vulkan und man sollte für einige Zeit den Kopf einziehen. Sie fuhr fort. „Wir brauchen eine Fahrt nach Vlaxmery und ihr scheint das schönste Boot zu haben." Schleimen half bei ihm immer, allerdings musste man sich doch auf sehr schlagfertige Antworten gefasst machen. Die KI war für ihn mit einigen Stand-up-Comedians gefüttert worden. „Und wo genau steht da öffentliche Kutsche dran?", wollte er wissen. „Phase eins abgeschlossen, weiter mit dem nächsten Schritt", dachte sich Sabrina. „Nirgends, aber ich dachte, für ein paar Silberstücke seid ihr sicher bereit, uns zu helfen. Wir haben es eilig und sind auf eure Hilfe angewiesen. Bitte helft uns, gnädiger Mann." Schleimen, seinen Helferkomplex triggern und das Versprechen einer Gegenleistung. Damit hatte sie ihn geknackt, das sah sie an seinen Augen, die plötzlich bedeutend freundlicher wurden, aber ein „Ja" hatte sie noch nicht bekommen. Dafür würde sie aber nur noch ein bisschen betteln müssen und dann würde er ihnen helfen. Elrik sah sie und Toni musternd an, bevor er begann zu sprechen. „Der Bettnässer hat auch gemeint, dass er geschwitzt hat. Aber von was für Gold sprechen wir?" Sie hatte ihn also wirklich geknackt. Doch plötzlich passierte etwas, womit sie nicht gerechnet hatte. Ein NPC, den sie erst zuordnen konnten, als es zu spät war, kam auf sie zugerannt und begann aus der Entfernung zu schreien. „Elrik! Da hat grad jemand unser Lager gesprengt." Elriks Blick wurde von einem Moment auf den anderen eiskalt und er rief seinem sich nähernden Kompanion entgegen: „Was zur Hölle? Wie, was ist los, Thomas?" Besagter Thomas kam außer Atem bei ihnen an und begann zu erzählen. „Irgendein Geisteskranker hat grad unser ganzes Lager in die Luft gesprengt. Alle Fische sind kaputt. Völlig unbrauchbar." Elrik, außer sich vor Wut, brüllte: „Wer war das? Der gehört der Katze, wenn ich ihn kriege!" Thomas, der Sabrina und Toni in seinem Wutrausch noch gar nicht bemerkt hatte, erwiderte, dass er es nicht wisse, aber erkennen würde, wenn er ihn sähe. Sabrina, die erkannt hatte, worauf das hinauslaufen würde, flüsterte Toni zu: „Langsam umdrehen und weggehen." Thomas, bei dem der Groschen gerade fiel, drehte sich langsam zu Toni um und begann dann zu schreien. „Warte mal – da ist er!"

Da neben dir!" Sabrina realisierte, dass eine Flucht zu Fuß schwierig werden würde, da die anderen Händler den beiden helfen würden, und änderte ihren Plan. „Auf das Floß!" Schnell!"

Beide sprangen auf das kleine Floß und Sabrina löste in Windeseile mit Dolchschlägen die Seile. Die Strömung erfasste das Boot unverzüglich und zog die beiden hinaus auf das Wasser.

Das Letzte, was sie vom Land hörten, war das Fluchen von Elrik mit den bezaubernden Worten „Ich reiß euch eure Schädel runter und scheiß euch in den Hals!"

Ludwig und Julian

Julian sah sich in der heruntergekommenen und rauen Siedlung der Orks um und versuchte, Ludwig zu finden. „Hey Ludwig, wo bist du?" Einer der Orks drehte sich zu ihm um und begann zu sprechen. „Ich bin hier drüben, bist du der Hässliche?" Julian musste bei dieser Aussage kurz schmunzeln. „Wir sind Orks, hier sind alle hässlich", antwortete Ludwig darauf. „Ist mir auch schon aufgefallen." „Wo finden wir die Pferde?" „Normalerweise am Dorfrand", gab Julian zurück. Ludwig schlug daraufhin vor, dass sie sich doch umsehen könnten. Die beiden begannen damit, das

Dorf zu erkunden, und fanden zügig zwei Pferde, die an einem Pfahl festgebunden am Dorfrand standen.

„Siehst du hier irgendwo Wachen?", fragte Julian. „Nein. Sieht aus, als wären alle arbeiten", antwortete Ludwig gelassen.

Julian begann daraufhin seinen Plan zu erklären: „Na dann versuchen wir's doch einfach. Ich nehme das Schwarze und du das Braune. Wenn die Steuerung weiterhin so geil ist, wirst du dich nur hochziehen müssen und wenn du das Pferd mit deinen Fersen trittst, sollte es Vollgas losrennen. Aber gut festhalten, die sind nicht gesattelt!" Ludwig verstand den Plan, wollte sich aber noch vergewissern. „Alles klar. Woher weißt du das?"

„Ist in allen Spielen gleich", antwortete Julian knapp, was Ludwig nur noch mit einem „Dann los" quittierte. Tatsächlich war es wirklich genau so einfach und auch das Kappen der Seile funktionierte. Julian sprang gekonnt auf sein Pferd und auch Ludwig kam gut auf dem Rücken seines an. Allerdings nahm er den Ausdruck „tritt in die Seite" leider wörtlicher als „halt dich gut fest" und fiel sofort von seinem Reittier, als dieses wie vom Blitz getroffen losrannte. Der dumpfe Knall von seinem Aufprall sowie die Geräusche eines wild gewordenen Pferdes sorgten aber dafür, dass in Sekundenschnelle ein halbes Dutzend Orks aus ihren Hütten kammen und die beiden bedrohten und ihre Waffen zückten.

"Oh Shit, das wars jetzt", sagte Ludwig trocken dazu. Julian hingegen hatte den Kampf noch nicht aufgegeben und rief los: "Nix da!"
Julian zückte sein Schwert und galoppierte mit zwei Metern Abstand an den Dorfbewohnern vorbei. Jeder, der versuchte näherzukommen, wurde von seinem Schwert bedroht. Nach zwei Runden um den Platz stürmte er auf seinem Tier auf Ludwig zu, packte diesen am Kragen und setzte ihn hinter sich auf sein Pferd bevor die beiden auf dem Rücken des Tieres aus dem Dorf galoppierten.

Da die Orks versuchten, sie zu Fuß zu verfolgen, waren sie schnell los und auch die vereinzelten Pfeile, die ihnen hinterher geschossen wurden, verfehlten sie. Nur ein Einzelner drohte genau auf Ludwigs Kopf zu fliegen, doch dieser versuchte nach Waffe zu greifen und blockte den Pfeil mit einer Laute ab. "Warum hast du eine Laute?" wollte Julian wissen. "Keine Ahnung, ich hab auch noch ein Messer", gab Ludwig zurück. "Du spielst aber keinen Barden, oder?"

"Doch, weißt du, was das ist?" "Ja, ein Musiker." Ein paar Minuten ritten sie weiter durch den Wald, bis sie den Rand einer Wüste erreichten. Sie beschlossen, das Tempo zu verringern, um das Pferd nicht auszulegen und kamen ohne Zwischenfälle am anderen Rand der Wüste an. Auch der weitere Weg nach Vlaxmery verlief ruhig. Dort angekommen, gaben sie ihre Pferde bei den Stadt-Stallungen ab und liefen zu Fuß zum Dorfbrunnen, wo sie ein paar Ratten erledigen wollten und Ludwig die Tipps, die ihm Julian auf der Reise über Videospiele gegeben hatte, in der Praxis ausprobieren wollten. Mittlerweile wusste er, dass Barden dafür zuständig waren, ihre Gegner mit Gesang und Musik abzulenken und den Rest des Teams zu motivieren. Hätte er das gewusst, hätte er sicherlich keinen Barden ausgewählt.

Kevin und Percy

"Was hast du denn da für schwule Dinger am Rücken?", wollte Kevin von seinem Kumpel wissen. "Das sind Flügel", antwortete dieser knapp. "Flieg mal!" wurde er von Kevin aufgefordert, woraufhin er "Geht erst später im Spiel" sagen musste. "Was für ein Scheiss, hättest mal a gute Klasse gewählt wie ich. Ich baller alle um mit dem Gerät hier", meinte Kevin dazu und zeigte demonstrativ die riesige Streitaxt, die auf seinen Rücken geschnallt war.

Percy kommentierte die Waffe, die sich Kevin vom Rücken holte, anerkennend. Auch der Schild, den er umgeschnallt hatte, war beachtlich. Doch da fiel Kevin auf, dass Percy beinahe dieselbe Ausrüstung bei sich trug. "Du bist doch so ein Paladings." "Paladin" warf Percy ein. "Ja, warum hast du die gleichen Sachen wie ich?" wollte Kevin jetzt wissen. "Paladine sind auch Krieger, nur nicht 100% auf den Nahkampf getrimmt wie du als Krieger, sondern können auch ein bisschen zaubern zum Heilen und sowas", beantwortete Percy die Frage. "Also stehen wir beide vorne, hauen drauf und du heilst mich?" war die nächste Frage des Kriegers. Der Paladin antwortete ihm daraufhin mit: "Wenn du nicht stirbst, bevor ich die Chance dazu habe, dann ja. Hast du die Schafe entdeckt?" Kevin schüttelte den Kopf. "Nein, ich frag einfach mal da drüben." Percy wurde skeptisch. "Wir wollen sie klauen. Sicher, dass das Fragen eine gute Idee ist?" Kevin, der schon die ersten Meter zurückgelegt hatte, ließ sich nicht mehr aufhalten. "Der Doppel Speerspitze wird man hier doch wohl noch helfen, oder? Die Tochter von dem Chef hier meinte doch wir müssen nur fragen, wenn wir Hilfe brauchen. Die wissen schon, wer vor Ihnen steht?"

Percy, der realisierte, dass er den Sturkopf nicht mehr umstimmen konnte, beugte sich seinem Schicksal. "Ok, dann probieren wir's mal." "Hey du da vorne, ja du!" Hörte er seinen Freund einem Zwerg entgegen rufen. Der Zwerg, der vermutlich gerade von der Arbeit kam, drehte sich um. "Seid gegrüßt Reisender, wie kann ich euch helfen?" fragte er die beiden. Percy, der Angst hatte, dass Kevin etwas zu dummes sagen würde, übernahm das Sprechen. "Wir brauchen Reittiere, wir müssen so schnell es geht nach Vlaxmery." Der Zwerg überlegte kurz bevor er ihnen antwortete: "Am besten fragt ihr den Hauptmann der Wache. Wenn euch jemand helfen kann, dann er. Händler kommen in dieser Jahreszeit nicht vorbei und Bauern gibt es hier oben keine." Kevin, dem es gar nicht gefiel, dass Percy ihm jetzt die Show stahl, übernahm jetzt das Reden: "Danke, wo finden wir den Hauptmann?"

Der Zwerg empfahl ihnen, sich einfach bei den Wachen durchzufragen, woraufhin sich Percy bei ihm bedankte und Kevin schon damit begann, sich bei den Wachen zu erkundigen, wo er deren Hauptmann finden könne. Tatsächlich wurde er auch schnell fündig, da dieser gerade auf Inspektion war und sich mit den Diensthabenden unterhielt

"Wer seid ihr?" wollte er von ihnen wissen.

Kevin begann, aus Angst davor, dass Percy wieder direkt das Sprechen übernahm, sofort darauf zu antworten: "Ich bin Kevin - äh sorry, BraumeisterdMl und das ist mein Freund Königdml. Wir brauchen Reittiere." "Ich brauche auch einiges, aber ist er wirklich ein König?" fragte sie der Hauptmann. "Ja sag ich doch, König des Märchenlandes", gab Kevin flapsig zurück. "Seid gegrüßt Majestät. Sagt mir, wo liegt dieses Märchenland?" fragte ihn der Hauptmann, nun fast schon unterwürfig und neugierig.

Percy, der bemerkte, dass der Hauptmann aus seinem Gamertag einen realen Titel gemacht hatte, fing an, irgendeinen Blödsinn von fernen Ländern und seinem Hofstaat zu erzählen. Der Hauptmann war so geblendet von der Anwesenheit eines vermeintlichen Königs, dass er gar nicht hinterfragte, warum dieser statt Wachen und Gefolge nur einen Braumeister dabei hatte. Kevin dauerte das ganze jedoch zu lang und so übernahm er wieder das Wort. "Ja und auf jeden Fall brauchen der König und ich sofort eure beiden schnellsten Reittiere, um nach Vlaxmery zu gelangen. Wir müssen dem König dringende Nachricht überbringen. Die Nachricht war zu geheim, um Boten loszuschicken, daher nahm er nur mich als seinen engsten Vertrauten mit und wir reisen undercover." Der Hauptmann war durch das selbstbewusste Auftreten der beiden jetzt vollständig davon überzeugt, ein kleiner Teil in einer wichtigen Mission sein zu dürfen und antwortete ihnen deshalb hilfsbereit: "Ich verstehe. Natürlich , so wie ihr das erzählt, ist das wohl wirklich wichtig. Lasst mich kurz mit dem Fürsten reden bezüglich einer Eskorte für euch. Die Berge sind gefährlich. Einer meiner Männer soll euch in der Zwischenzeit schon mal in die Stallungen bringen. Gloin - das machst du."

Der Angesprochene Zwerg salutierte vor seinem Hauptmann und gab an, den Befehl verstanden zu haben. Der Hauptmann teilte ihnen mit, sie dort gleich treffen zu wollen.

Percy und Kevin grinsten sich an, verwundert, dass diese Mischung aus Glück und Lügen tatsächlich funktionierte und folgten Gloin in die besagten Stallungen.

Dort angekommen begutachteten sie die Mischungen aus Schafen und Ziegen. Jedes Tier fast zwei Meter groß, mit riesigen Hauern und schätzungsweise drei Zentner schwer. "Alina hat nicht gelogen, die sehen wirklich würdig aus", stellte Kevin fest. " Wer ist Alina?" wollte Gloin die Wache wissen. Kevin, der die Macht, die er hier hatte, sichtbar genoss, fragte ihn scharf: "Hat man euch nicht beigebracht, sich nicht in fremde Gespräche einzumischen?"

Laute Schritte von gepanzerten Schuhen kündigten die Rückkehr des Hauptmanns an, kurz bevor dieser mit vier weiteren Zwergen die Stallungen betrat. Nachdem er ganz eingetreten war, begann er zu sprechen: "Wie erwartet hat der Fürst mir erlaubt, euch zu begleiten. Meine Männer und ich werden mit euch reiten und euch sicher durch die Berge führen. Dort lauern zahlreiche Gefahren, zu zweit wäre es zu gefährlich. Wir bringen euch bis an den Fuß, der letzte Ausläufer des Gebirges. Von dort an kommt ihr über gut besuchte und bewachte Handelsstraßen sicher nach Vlaxmery." Percy konnte immer noch nicht ganz glauben, dass sie damit durchgekommen waren. "Meinen aufrichtigen Dank euch, wie kann ich mich bei eurem Fürsten bedanken?" Der Hauptmann erwiderte: "Ich fürchte, der Fürst ist gerade unpässlich, aber sofern ihr euch das nächste Mal ankündigt, würde er euch gerne ein Bankett ausrichten." Percy, der nun nicht mehr aus seiner Rolle fahren durfte, konzentrierte sich darauf, was ein echter König in dieser Welt nun wohl sagen würde. "Das ist großzügig von ihm, dasselbe gilt für ihn und seine Untertanen in meinem Reich." Von der Einladung Percys geblendet, verneigte sich der Hauptmann. "Vielen Dank, ihr müsst mir auf der Reise unbedingt mehr über euer Reich erzählen. Ich liebe Geschichten von fernen Ländern." Kevin, der für seinen Geschmack zu lange nichts gesagt hatte, griff die Gelegenheit am Schopf: "Wenn mein König eins kann, dann Geschichten erzählen." Nachdem die Wachen mit dem Satteln der Tiere beschäftigt waren, flüsterte er zu Kevin: "Du hast mich deinen König genannt." "Gewöhn dich lieber nicht dran", antwortete dieser in dem Wissen, dass er sich das eine Zeit lang anhören musste.

Die Sonne kroch langsam hinter die schroffen Gipfel des Gebirges und warf lange Schatten über die schmalen Pfade. Percy und Kevin ritten in einer ungewohnten Stille neben dem Hauptmann Thorvald und seinen vier besten Zwergen. Die Zottelwidder, riesige Kreaturen - eine Mischung aus Schaf und Ziege, stampften unbeeindruckt durch die felsige Landschaft. Ihre Hauer blitzten im letzten Licht des Tages und ihre massigen Körper trugen mühelos sowohl die Reiter, als auch ihr Gepäck.

„Also, wie nennt ihr diese Viecher?" fragte Kevin schließlich und klopfte seinem Reittier auf den muskulösen Hals.

„Zottelwidder," brummte Gloin, der links von ihm ritt. „Tauglich für die Berge, aber stur wie Zwerge. Und glaub nicht, dass du sie je unter Kontrolle hast."

„Unter Kontrolle? Dieses Biest liebt mich," grinste Kevin und strich über die unbändige Mähne seines Reittiers.

Percy konnte sich ein Schmunzeln nicht verkneifen. „Ich bin mir nicht sicher, ob das Biest dich liebt oder nur darauf wartet, dass du absteigst und du zur nächsten Mahlzeit wirst."

Thorvald, der Hauptmann, warf ihnen einen scharfen Blick zu. In seiner Rolle als Bergführer war er bei weitem nicht mehr so zuvorkommend und unterwürfig wie noch beim Verlassen der Siedlung. „Redet weniger Reisende. Diese Pfade sind gefährlich genug, ohne, dass ihr Aufmerksamkeit erregt."

Percy nickte zustimmend, während Kevin nur mit den Schultern zuckte. Der Wind trug leise Geräusche mit sich – ein fernes Grollen, das wie das Knurren eines hungrigen Raubtiers klang. Die Atmosphäre war bedrückend, und Percy konnte nicht umhin, sich umzusehen, als ob die Schatten selbst eine Bedrohung darstellten.

„Was für Gefahren lauern hier oben?" fragte Percy schließlich.

„Mehr als euch lieb sein dürfte," sagte Thorvald und zeigte auf eine nahe Schlucht. „Bergtrolle, wilde Tiere und manchmal Dinge, die selbst wir Zwerge nicht erklären können. Im Gegensatz zu ihren Verwandten in den Sümpfen, sind diese Trolle hier wild und unberechenbar!"

Kevin zog seine riesige Streitaxt hervor und ließ sie grinsend aufblitzen: „Ich bin bereit. Lasst sie kommen!"

„Mit so einer Einstellung endet ihr schneller unter einem Troll als auf Vlaxmerys Märkten," knurrte Thorvald. Doch bevor jemand antworten konnte, hielt der vorderste Zwerg plötzlich an und hob die Hand.

Die Gruppe stoppte, während der Wind plötzlich aufhörte zu wehen. Ein dumpfes Grollen hallte durch die Schlucht, gefolgt von schweren, langsamen Schritten.

„Das war kein Wind," flüsterte Gloin und griff nach seinem Kriegshammer.

Percy spürte, wie sein Herz schneller schlug. Er hob eine Hand und begann, leise einen Schutzzauber zu murmeln. Das Gefühl von Magie wärmte seine Finger, während Kevin seine Streitaxt schwang, bereit für den ersten Angriff.

„Achtet auf die Schatten," befahl Thorvald mit gedämpfter Stimme, doch die Warnung kam zu spät. Mit einem ohrenbetäubenden Brüllen brach ein massiver Troll aus einer Felswand hervor. Sein Körper war mit Moos und Stein bedeckt, als wäre er selbst ein Teil des Gebirges. Seine Augen glühten in einem dämonischen Rot und er schwang eine riesige Keule, bestehend aus einem entwurzelten Baumstamm.

Der erste Hieb traf einen der Zwerge mit voller Wucht und schleuderte ihn samt Reittier mehrere Meter zurück. Der Zwerg blieb reglos liegen.

„Verdammte Hölle!" rief Kevin und sprang mutig von seinem Zottelwidder. „Los Percy, schütze die anderen! Ich kümmere mich um diesen Felsbrocken!"

Percy zögerte nicht und hob die Hände. Ein schimmernder Schutzschild erschien um Thorvald, der dem nächsten Angriff des Trolls nur knapp auswich. Der Hauptmann führte seine verbliebenen Männer zu einem koordinierten Gegenangriff. Ihre Hämmer und Äxte zielten auf die Beine des Trolls, doch dessen dicke Haut schien fast unverwundbar.

Kevin stürzte sich mit einem wütenden Schrei in den Kampf. Seine Streitaxt traf den Arm des Trolls und hinterließ eine tiefe, blutige Wunde. Der Troll brüllte auf und schlug nach ihm, doch Kevin wich geschickt zur Seite.

„Percy! Ich kann das Ding da nicht lange tanken, wenn du nicht heilst!!" rief er, während er den nächsten Hieb parierte.

Percy konzentrierte sich und murmelte eine Heilformel für einen verwundeten Zwerg, doch bevor er reagieren konnte, traf ihn der Blick des Trolls. Mit einem wütenden Schrei schleuderte das Monster einen riesigen Felsbrocken in seine Richtung. Percy sprang zur Seite, doch der Fels traf einen weiteren Zwerg, der leblos zusammenbrach.

„Schon zwei weniger! Wenn wir nicht aufpassen, sind wir die nächsten!" rief Percy und verstärkte den Schutzschild um Thorvald, der wie ein Berserker kämpfte und einen Treffer nach dem anderen landete.

Nach Minuten des erbitterten Kampfes schafften es die Zwerge schließlich, den Troll zu Fall zu bringen. Thorvald zielte mit einem präzisen Schlag auf den Hals des Trolls, während Kevin dessen Beine mit einem Hieb durchtrennte. Das riesige Wesen brach zusammen und erzitterte, bevor es reglos liegen blieb.

Doch der Preis für diesen gewonnenen Kampf war hoch: Zwei Zwerge hatten ihr Leben verloren, und die Überlebenden waren schwer gezeichnet.

Erschöpft und in düsterer Stille setzte die Gruppe ihren Weg fort. Die Luft wurde milder, und die karge Felslandschaft wich langsam grüneren Hängen. Schließlich erreichten sie den Fuß des Berges, wo Thorvald die Gruppe stoppte.

„Hier trennen sich unsere Wege," sagte er mit schwerer Stimme. „Ihr habt euch als tapfere Krieger erwiesen, doch zwei meiner besten Männer sind nicht mehr bei uns. Vergesst ihre Opfer nicht."

Percy nickte stumm, während Kevin sich vor Thorvald verneigte. „Ich sage euch eins, Hauptmann: Eure Männer haben gekämpft wie Helden. Und ich werde jedem erzählen, wie ich mit ihnen an meiner Seite einen Troll erschlagen habe." Percy hätte nie gedacht, dass Kevin zu so einer anmutigen Ansprache fähig war. Thorvald konnte sich ein leichtes Lächeln nicht verkneifen. „Vergesst nicht zu erwähnen, dass wir euch dabei das Leben gerettet haben."

Die Gruppe zerstreute sich, und Percy und Kevin setzten ihren Weg nach Vlaxmery allein fort. Doch beide spürten, dass der Kampf in den Bergen nur ein Vorgeschmack auf die Prüfungen war, die noch vor ihnen lagen.

Toni und Sabrina

Dafür, dass Ihre Bootsreise so aufregend begonnen hatte, wurde es schnell langweilig. Der Händler Elrik schaffte es nicht, sie einzuholen. Obwohl er dies mit aller Kraft versuchte, musste er sich aber schnell der Strömung geschlagen geben und wieder ans Ufer zurück schwimmen. Sie hofften, ihm nicht mehr über den Weg zu laufen.

Nach einigen Minuten hatte sich die Aufregung bei beiden auch wieder gelegt und so fingen sie an, sich zu unterhalten. "Was läuft da eigentlich mit Percy?" wollte Toni wissen. Sabrina, der das Thema sichtlich unangenehm war, zögerte einen Moment mit ihrer Antwort. "Ähm, ja.Willst du nicht Ausschau halten? Nicht, dass wir gegen einen Stein oder sowas fahren."

"Du wüsstest, wenn hier Steine sind, versuchst du gerade das Thema zu wechseln? Weißt du Percy ist echt ein toller Kerl und..." begann Toni seinen Freund zu loben, wurde aber von Sabrina unterbrochen. "Ja weiss ich doch, aber können wir bitte über etwas anderes reden?" Toni der Sabrina nicht in eine unangenehme Situation bringen wollte, lenkte sofort ein. "Klar, irgendeinen Wunsch?"

"So ziemlich jedes Thema außer Liebe fände ich gut", meinte Sabrina, dankbar darüber, dass Toni nicht auf das Thema beharrte. "Ah ok, sag mal du hast doch meinen Charakter im Spiel, also meinen ersten Charakter gesehen, oder? Wie ich mit Franz zusammen gespielt habe?" war sein neues Gesprächsthema, da er sie hierzu eh etwas fragen wollte. "Der Troll? Ja, was ist mit ihm?" fragte Sabrina ihn. "Ich dachte, wir könnten ihn vielleicht mit in unsere Gruppe holen. Er war immer nett zu mir und beherrscht das Spiel schon", warf er seine Idee hoffnungsvoll in den Raum. "Mhm ja, keine schlechte Idee, aber nur, weil er sich im Spiel nett verhalten hat, heißt das nicht, dass wir ihm vertrauen können. Für Alina und dadurch auch für Luca und mich steht hier viel auf dem Spiel", äußert sie ihre Bedenken. "Das verstehe ich, vielleicht könntet ihr ja einfach mal drüber nachdenken."

"Ich rede mal mit Alina - guck mal da vorne, hinter der Biegung. Das ist Vlaxmery."

Die mächtige Stadt wurde vor Tonis Augen Stück für Stück generiert und mit jedem Meter, dem sie sich näherten, konnte er mehr Details erkennen. Zuerst sah er nur Mauern und unförmige Türme, doch schon bald konnte er die 39 Wachtürme um die Stadt herum sogar schon zählen. Die Mauern, die sie umspannten, waren mindestens 20 Meter hoch und schienen aus soliden Gesteinsblöcken gebaut zu sein. In der Mitte der Stadt konnte er auch einen prächtigen Palast auf einer Anhöhe entdecken, der die anderen Gebäude weit überragte. Hier sitzt wohl der König von *Iltharia*. Ihm fiel auf, dass er immer noch so gut wie nichts über die Lore des Spiels wusste und nahm sich vor, einen der Entwickler bei Gelegenheit etwas erzählen zu lassen.

"Wo sollen wir eigentlich anlegen?" fragte Toni schließlich seine Begleiterin. "Gute Frage. Dadurch, dass das Boot nicht uns gehört, werden wir verhaftet, wenn wir am offiziellen Stadthafen landen. Ich würde sicherlich abhauen können, aber bei dir bin ich mir da etwas unsicher. Vernünftiger wäre es wahrscheinlich, ein paar Hundert Meter vorher an einem der Fischerstege zu halten und uns von dort an einfach unter das Volk zu mischen und in die Stadt zu laufen."

"Du bist die Chefin, ich folge dir einfach!" gab er zurück. "Besser so!" antwortete ihm Sabrina zwinkernd.

Sabrinas Plan funktionierte hervorragend und so legten sie mit dem Boot an einem verlassenen Steg an, liefen einige Meter hinüber zur Straße und mischten sich unter die Leute, die auf dem Weg in die Stadt waren. Die meisten waren Menschen, aber Toni konnte auch einige Zwerge und Elfen erkennen. Eine Karawane von Ork Händlern kam ihnen in einer fremden Sprache lachend entgegen und als sie an den Toren der Stadt ankamen, dachte er für einen kurzen Moment Franz wiederzusehen. Aber die beiden Trolle, die die Brücke und das dahinterliegende Tor bewachten, waren nicht er, sondern nur dieselbe Spezies. Auch gaben ihm die beiden kein Rätsel auf, sondern ließen ihn und Sabrina einfach passieren.

Kaum gingen sie durch das Tor, wurde er vom Leben in der Stadt erfasst. Die Luft pulsierte beinahe, so viel Trubel gab es hier. In jedem anderen Spiel hätte er die heutige Spiel-Session für beendet erklären können, da er außer erkunden nichts mehr getan hätte. Aber hier reichte es nur für einen kurzen Blick, bevor er die Hand der Assasinin an seiner spürte und sie ihn hinter sich durch die Massen an Bewohnern und Besuchern zog.

"META FRAGE - Wer ist alles schon in Vlaxmery?" rief Sabrina laut genug, dass alle trotz Headset verstehen würden. Die Antwort kam von Alina. "Die beiden Orks räumen fleißig den Keller des Wirts auf und warten auf dich. Die Zwerge sind noch nicht da, so konzentriert wie sie aber gerade aussehen, will ich sie nicht ablenken und fragen. Ich gebe dir Bescheid, sobald ich was weiss!" Sabrina bedankte sich für die Auskunft und lief weiter.

Für einen Moment war Anton verwundert, warum sich bei dem Gebrüll, das Sabrina hier fabrizierte, nicht alle NPC's zu ihr umdrehten. Dann fiel ihm aber ein, dass sie sich vermutlich einfach gemutet hatte.

Sabrina sprach jetzt wieder in der Spielwelt zu ihm. "Okay, wir sind gut in der Zeit. Ich bringe dich zum Dorfbrunnen, dann kannst du zusammen mit den Orks etwas leveln, bis die Zwerge da sind. Ich werde in der Zwischenzeit ein paar Besorgungen machen."

Kurz darauf sah Anton schon die Spelunke, die neben einem kleinen, ihr vermutlich den namensgebenden Brunnen lag. Beim Betreten schoss ihm der Standart D&D Session eins Start durch den Kopf. Ihr trefft euch in einer Taverne. Alles hier war genau so wie es Gamemaster beschrieben. Mehr oder weniger eine Kopie des tänzelnden Ponys aus „Der Herr der Ringe". Er wollte sich gerade noch von seiner Begleitung verabschieden, als er merkte, dass diese bereits verschwunden war und so machte er sich auf den Weg zum Tresen, um den Wirt nach Arbeit zu fragen. Dieser schickte ihn auch schon nach kurzem Smalltalk in seinen Keller. Anscheinend waren die beiden Orks unten noch beschäftigt, denn der Wirt sagte etwas davon, dass sich die beiden anderen sicherlich über Hilfe freuen würden. Als er die Tür zum Keller öffnete, diese durchtrat und der Wirt sie hinter ihm wieder schloss, bestätigte der sich ihm bietende Anblick, dass sie sich definitiv über Hilfe freuen würden.

Percy und Kevin

"Was zur Hölle ist hier gerade passiert?" fragte Percy seinen Kumpanen, als die beiden auf Ihren Zottelwidern die Straße nach Vlaxmery entlang ritten. "War genial, oder?" stellte Kevin als Gegenfrage. Die Unterstellung, dass er es selbst nicht wüsste und es reines Glück war, stritt er jedoch konsequent ab. Also begann Percy damit, ein Resümee zu ziehen. "Fassen wir zusammen: anstatt die Dinger stehlen zu müssen, haben wir sie geschenkt bekommen, sind jederzeit in diesem

Zwergenreich als Gäste willkommen und haben eine Eskorte durch die Berge bekommen, wo wir sonst zu 100% draufgegangen wären." Kevin überlegte kurz, ob er noch etwas anmerken wollte, sagte dann aber, dass es das ganz gut träfe. Eine Zeit lang ritten die beiden nebeneinander, bis sie an einer Weggabelung ankamen. "Ich denke, wir müssen jetzt in die Richtung hier weiter, oder?" schlug Kevin vor. "Nein, ich bin mir ziemlich sicher, dass wir hier lang müssen", erwiderte Percy. Nachdem Kevin auf seinem Standpunkt beharrte, wies Percy ihn auf den Wegweiser am Rand der Straße hin, was die nächste Diskussion entfachte. "Das steht da falsch!" war sich Kevin sicher. Percy rollte die Augen fast bis zur Schädeldecke hinter und murrte vor sich her. "Aha, ja is klar, du weißt das natürlich wieder besser, als das Schild." Obwohl Kevin diese Aussage so bestätigte, schlug er trotzdem den Weg ein den Percy und das Schild vorgeschlagen hatten.

Der Ritt der beiden über die Handelsstraßen nach Vlaxmery verlief im Gegensatz zu den Bergen sehr ruhig. Nur vereinzelt kamen ihnen andere Reisende entgegen, welche aber beim Anblick der Zottelwider stets einen gebührenden Abstand einhielten. Die Dinge, die am Rand der Straße passierten, waren genug um die Reise auch über Stunden und Tage ziehen zu können. Aber obwohl sie das Spiel auf die Events hinwies, wurde ihnen nichts aufgezwungen, solange sie dies nicht wollten. Und so erreichten die beiden Zwerge nach nur etwa 30 Minuten im Trab auf ihren Reittieren Vlaxmery und stellten ihre Zottelwider neben einem riesigen schwarzen Pferd in den Stallungen ab. Sie machten sich auf die Suche nach dem Treffpunkt. Die meisten NPC's, die sie nach dem Weg fragten, konnten oder wollten ihnen nicht weiterhelfen. Sogar die Wachposten waren nicht sonderlich gesprächig. Erst ein alter Bettler sagte ihnen im Austausch gegen ein Silberstück, wo sie lang müssen. Auf dem Weg in die Taverne saugten sie die Atmosphäre der Welt in sich auf, doch als sie eine kleine Seitengasse durchqueren, kam ihnen eine schwarz gehüllte Gestalt wie der Blitz entgegen. Die beiden konnten nicht schnell genug ausweichen, aber das übernahm schon die unbekannte Gestalt für sie. Mit einem einzigen Satz übersprang sie die beiden Zwerge. Kurz darauf bemerkten sie auch warum sie rannte, als ein riesiger Ork mit Schürze um die Hüfte und einen riesigen Hammer schwingend aus einer Schmiede auftauchte und "Haltet den Dieb!" brüllte.

Zwei Wachen, die dies hörten, liefen zum Ausgang der kleinen Gasse und versperrten den Ausweg. Doch die

Gestalt zückte einen Dolch und machte kurzen Prozess mit den beiden, bevor sie weiter rannte und in den Massen der Hauptstraße abtauchte. "Wenn wir keinen Ärger kriegen wollen, sollten wir verschwinden", stellte Kevin fest. Doch diese Gelegenheit bekamen sie nicht, da der Schmied nun vor ihnen stand. "Hey, ihr da! Kanntet ihr diese Frau?" Percy, der keine Lust auf Schwierigkeiten hatte, tat dasselbe, wie er es auch im echten Leben gerne manchmal tun würde. "Nix verstehen, Sie sprechen Zwergisch?" fragte er den Schmied, welcher ihn entsetzt anstarrte. Im Weggehen murmelte er vor sich her: "Verdammte Zwerge. Jeder spricht Gemeinsprache, nur die kleinen Scheisser denken, sie sind was besseres…!"

Der Schmied machte sich, unbeeindruckt der Kampfkünste, die er soeben gesehen hatte, an die Verfolgung und ließ seine Schmiede unbewacht. "Dumm stellen hilft halt doch", kommentierte Percy seine Aktion. Kevin fing an zu lachen und meinte, dass dies ja seine Paradedisziplin sei. "Haha, sehr lustig, aber lass uns doch mal die Schmiede ansehen. Wenn da keiner mehr ist, könnten wir vielleicht ein paar coole Sachen finden!" schlug Percy ihm vor. "Ja mei, schauen kann man ja mal", antwortete Kevin, als er voraus in die Richtung marschierte, aus der der Schmied gekommen war. Die unbewachte Schmiede entpuppte sich tatsächlich als Goldgrube. Nachdem sie im inneren ein kleines Ledersäckchen voller Goldmünzen und zwei Schwerter gefunden hatten. Eilig verstauten sie die Sachen in ihren Inventaren und machten sich auf den Weg zu ihrem Ziel.

Dort angekommen betraten sie das Lokal und entdeckten die Gestalt, die gerade noch über die Köpfe gesprungen war, alleine an einem Tisch zu sitzen. Jetzt aber ohne Kapuze. Diesmal wurden sie von der Unbekannten erkannt und auch gleich angesprochen: "Kevin? Percy? Ich bin es, Sabrina!" Die Beiden brauchten einen Moment, um zu realisieren, dass es Sabrina gewesen war, die sie gerade in Aktion gesehen hatten. Nach einigen Momenten fand Percy aber seine Stimme wieder. "Du warst das gerade? Krasse Nummer! Wie bist du dem Schmied entkommen?" Sabrina lächelte ihn an und nahm einen tiefen Schluck aus dem Krug, der vor ihr stand. "Wenn man die Laufrouten und Spawnpunkte der Wachen kennt, ist es nicht so schwer. Kommt, setzt euch. Die anderen sind gerade noch im Keller, müssten aber jeden Moment fertig sein. Wir können leider nicht mitspielen, da maximal drei Spieler gleichzeitig im Dungeon erlaubt sind. Setzt eure Charaktere hier noch hin, dann können wir die Headsets abnehmen und die Realität zurückspringen."

Ludwig, Julian und Toni

"Was zur Hölle geht denn hier ab?" rief Toni erschrocken in den Keller hinein.

Wenn er sich richtig erinnerte, meinte Sabrina etwas von Ratten im Keller, die man einfach besiegen konnte. Eine klassische Anfängeraufgabe. Aber das hier waren mit Sicherheit keine Ratten. Die beiden Orks standen zusammengedrängt in einer Ecke des Raums und versuchten, die näher kommenden Kreaturen auf Distanz zu halten. Es war schwer zu beschreiben, was sie sein sollten, aber der Ausdruck "überdimensionale schwarze Riesenkakerlake" traf es wohl am besten. Drei davon versuchten näher an die beiden ran zu kommen und wurden nur von Julians Schwert im Zaum gehalten. Die Erklärung lieferte schließlich Ludwig: "Keine Ahnung, wir sind das dritte mal hier. Zwei mal waren es Ratten, aber jetzt diese Dinger hier. Wir bringen sie nicht kaputt."

"Völlig überzogen die Dinger, aber eine Schwachstelle müssen sie haben. Achtung, eine kommt zu dir, Toni!" ergänzte Julian.

Tatsächlich zielte eines der Monster mit seiner Aggression nun direkt auf Anton, der seine Arme zückte und begann, sich auf einen Feuerball vorzubereiten. Kurz bevor er die Formel sprach, fiel ihm aber ein, was das letzte Mal passiert war und eine weitere dieser Mini-Atombomben würde wohl auch ihnen allen den Garaus machen. Daher zückte er stattdessen sein Messer und bedrohte die Kreatur damit. Den Versuch, die Augen zu zählen, gab er nach 8 auf. "Irgendwelche Ideen?" fragte er in seiner Verzweiflung. "Ich würde mich wetten trauen, dass die Dinger am Bauch schwach sind, aber dafür müssen wir sie umdrehen", antwortete ihm Julian, woraufhin Toni ihn fragte, wie sie das bitte anstellen sollten. Allerdings hatte Julian mittlerweile so etwas wie einen Plan entwickelt, den er mit den beiden anderen teilte: "Ich habe da ne Idee. Ludwig, du kannst jetzt als Barde einen rauslassen. Folgender Plan: Toni, du schreist gleich einmal laut, sodass die beiden zu dir schauen. Ludwig, dann rennst du in die andere Ecke und fängst an zu singen und mit deiner Laute zu spielen. Wenn alles nach Plan läuft, sollten die Viecher dann alle auf dich losgehen." Ludwig, der von dieser

Idee überhaupt nicht begeistert schien, kommentierte den Plan. "Tolle Idee und dann soll ich so schief singen, dass sie tot umfallen?" Julian zeigte sich von Ludwigs Widerworten jedoch unbeeindruckt. "Wenn du das hinkriegst, wärs Plan B, aber meine Idee ist, dass ich die Teile einzeln umwerf und du Toni, du stichst ihnen mit deinem Messer in den Bauch." Ludwig hatte immer noch seine Zweifel. "Und wenn das nicht klappt, werde ich als erster gefressen?" Julian, dem langsam die Geduld ausging, fragte ihn, ob er denn einen besseren Plan habe. Nachdem er dies verneinte und Toni wie aus dem nichts einen markerschütternden Kampfschrei von sich gab, war der Plan bereits beschlossen. Zu seiner Zufriedenheit kamen jetzt alle drei der Ungeheuer auf ihn zu. Auf der anderen Seite des Raums begann Ludwig in die gegenüberliegende Ecke zu sprinten, zückte seine Laute und begann damit, ein die Monster verhöhnendes Lied zu singen. Wie magisch angezogen, drehten alle von Toni ab und liefen auf den Musiker zu. Julian nickte Toni zu, woraufhin beide zum Spurt ansetzten und Julian die hinterste Kakerlage packte und auf ihren Rücken warf. Wie eine Schildkröte auf ihrem Panzer liegend, streckte sie ihre Beine in die Luft und versuchte verzweifelt, wieder zurück auf die Füße zu kommen. Doch dieser Zustand dauerte nicht lange, denn der Bauch war wirklich ungeschützt und als Toni ihr das Messer in den Bauch rammte, löste sich das Monster in schwarzem Rauch auf. Auch die beiden anderen waren in kürzester Zeit auf die gleiche Weise erledigt. Am Ende lag nichts außer ein paar schwarzen Schuppen und einer kleinen blauen Flasche auf dem Boden.

Julian, der höchst zufrieden mit der Tatsache war, dass sein Plan funktioniert hatte, begann die Beute durchzusehen. "Ich nehm mal den Loot mit. Toni, ich denke das ist ein Manatrank. Steck dir den mal ein." Toni hingegen nahm dankbar die Flasche entgegen und lobte seine Mitstreiter. "Danke, guter Plan, geiles Teamwork, Jungs!" Auch Ludwig fand den Plan im Nachhinein nicht mehr sooo schlecht wie noch kurz zuvor. "Ich glaub zwar, dass ich mir in die Hose gekackt habe, aber jetzt haben wir es geschafft. Schnell raus aus dem Keller hier. Ich bin gespannt, ob uns der Wirt wieder nur mit freiem Essen und Übernachtungen belohnt."

Oben angekommen, sprachen sie den Wirt an, der sie bereits freudig erwartete. "Oh! Ihr seid bereits fertig. Wie schön!" Ludwig, der so gut wie keine Erfahrung mit Videospielen hatte, war von der Reaktion sehr überrascht und fuhr den Wirt daher scharf an. "Alter, das waren keine Ratten!" Der Wirt sah ihn verdutzt an, bevor er damit begann, sich zu rechtfertigen. "Wollte ich euch doch sagen, aber ihr habt mich ja jedes Mal abgewürgt und wolltet so schnell wie möglich starten. Danke euch, Abenteurer. Zur Belohnung nehmt diese Gutscheine für jeweils eine Übernachtung und Abendessen…" Jetzt wurde es Ludwig endgültig zu viel: "Das ist alles? Wir wären fast draufgegangen!" Der Wirt, der von der wütenden Art mittlerweile etwas eingeschüchtert schien, versuchte ihn zu besänftigen. "Nein, das ist nicht alles. Ihr solltet Menschen wirklich aussprechen lassen, Herr Ork. Natürlich kriegt ihr heute für euch und jeweils einen Begleiter so viel Freibier wie ihr wollt Und trinken könnt." Jetzt meldete sich Julian zu Wort: "Das reicht nicht!" sagte er schroff und ließ seine Muskeln spielen. Der Wirt schien von den drei Abenteuern mittlerweile so beeindruckt zu sein, dass er sein Angebot weiter erhöhte. "Naja, mehr habe ich nicht anzubieten. Die Geschäfte laufen schlecht, aber ich habe noch diesen alten Ring hier."

"Nehmen wir!" gab Julian zurück. Er hatte realisiert, dass aus dem Wirt vermutlich nicht mehr viel rauszuholen war und, dass sie ja auch nichts großartig brauchten, da sie ja nicht allzu lange im Spiel bleiben sollten. Der Wirt, sichtbar erleichtert darüber, die drei nun zufrieden gestellt zu haben, versuchte sie nun von seinem Tresen wegzubekommen. "Nun gut, dann hier bitte. Die Menschenfrau und die beiden Zwerge dort hinten haben bereits nach euch gefragt, vielleicht wollt ihr euch zu ihnen setzen?" Nachdem sie sich zu den anderen drei gesetzt hatten und nun im Spiel zum ersten Mal als Gruppe zusammen auftraten, wurden sie von Sabrina begrüßt: "Da seid ihr ja endlich! Was hat denn da so lange gedauert?" Julian schlug vor, das Ganze in der Realität zu besprechen. Eine Idee, die Sabrina gut fand. "Unsere Charaktere haben eh alle fast keine Kraft mehr. Naja, bei meinem weiss ichs, bei euren vermute ich es. Am besten lassen wir die Figuren schnell etwas essen und schlafen hier. Ich habe Gold zum Bezahlen. "Nicht nötig, wir haben sechs Gutscheine", fuhr ihr Julian ins Wort, bevor sie weitersprach. "Perfekt, na dann bestell ich schnell und dann können wir uns gleich ausloggen, wenn die Chars im Bett liegen."

Kapitel 17: Briefing

Die Gruppe saß, zurück in der echten Welt, um den runden Esstisch in Percys Elternhaus zusammen. Auch Percy's Bruder war mittlerweile bei Ihnen. Nachdem er sich von dem Schreck erholt hatte, dass so viele Menschen, von denen er einige nicht kannte, in seinem Wohnzimmer waren, erklärte ihm Alina, die er von früher als gute Freundin seines Bruders kannte, die Situation. Er bot prompt seine Hilfe an, bei allem, wo man nicht spielen musste.

„Wer will alles a Halbe?" fragte er in die Runde. Die meisten kannte er eh, nur Luca und Sabrina waren neu für ihn. Nachdem sich diese vorgestellt hatten und Luca ihm permanent Snacks angeboten hatte, von denen er sich zwar fast sicher war, dass die meisten aus seiner Speisekammer kamen, empfand er auch die beiden als sympathisch und ließ sich von Ludwig erzählen, was sie hier alle taten. „Ich glaub, die können wir grad alle gebrauchen", meinte sein Bruder daraufhin. Auch Alina bestätigte diesen Verdacht. „Da hat er recht. Wie sieht es bei euch aus? Welches Level habt ihr?" Alle überlegten kurz, bevor sie ihre Brillen wieder aufsetzten, um sich die Information einzuholen. Nur Julian und Sabrina konnten sofort antworten. „Ludwig und ich sind wegen der Geschichte mit den Kakerlaken jetzt auf Stufe sieben." Sabrina fuhr daraufhin fort. „Glück im Unglück, sonst wärt ihr sicher nicht über Stufe vier hinausgekommen. Ich weiß aber auch nicht, wieso die Quest sich geändert hat. Merkwürdig. Ich selbst bin auf

Stufe neun, ich habe ein paar Nebenquests gemacht und gelootet. Ich kann den meisten von euch morgen gute Ausrüstung geben." Toni, der seine Brille gerade wieder abgelegt hatte, war als Nächster an der Reihe. „Geil, solange ich keine Atombomben werfen darf, hab ich nämlich sonst nicht viel, was ich tun kann." „Ich bin Level fünf, auch den Kakerlaken geschuldet." Kevin, der davon ausging, eh den selben Level wie Percy zu haben, blieb ganz entspannt sitzen und prostete sich mit Willi zu, bis Percy seine Brille wieder abnahm. „Percy, was sind wir?" wollte er von ihm wissen. Percys Antwort kam etwas verzögert und so, als könnte er es selbst nicht glauben: „Wir sind auf Level 22, denke ich." Offensichtlich war dies nicht gerechtfertigt, denn Alina und Sabrina starren ihn erschrocken und ungläubig an. Während Sabrina sich fast an einem Schluck von ihrem Bier verschluckte, legte Alina los: „Level 22? Wie zur Hölle?"

Percy, dem es langsam dämmerte, versuchte, die Situation zu erklären. „Wir haben nur einen Gegner besiegt, so einen riesigen Bergtroll." Alina bekam jetzt gar kein Wort mehr heraus, dafür sprang Sabrina ein. „Ihr habt einen Bergtroll besiegt? Das müsste für niedrigstufige Spieler unmöglich sein!" Jetzt war ihm klar, wieso sie so hoch im Level waren, daher kostete er den Anblick der beiden bei seinem nächsten Satz voll aus. „Naja, wir hatten Hilfe. Wir hatten eine Eskorte von fünf berittenen Zwergen." Völlig fassungslos fragte ihn Sabrina nun. „Wie habt ihr das denn angestellt? Sowas habe ich ja in noch keinem Playtest geschafft." Kevin, der Percy nicht alle Lorbeeren überlassen wollte, übernahm jetzt weiter. „Wir haben einfach ein bisschen unseren Speerspitzen-Charme spielen lassen und Percy als König des Märchenlandes dargestellt. Danach hatten wir unsere eigene Leibgarde." Während Sabrina und Alina sich darüber unterhielten, dass die KI sie immer wieder aufs Neue überraschte, hob Toni sein Bier in die Luft und rief laut aus: „Lang lebe der König!", was Kevin ihm gleich mit einem „Gut gesprochen, Hofmagier!" quittierte. Luca, den die Begeisterung seiner Kolleginnen nicht ganz so sehr gepackt hatte, fand eher das Thema mit dem Märchenland interessant. „Wenn ich 'nen neuen Char erschaffe, nenn ich ihn auch DML. Sucht ihr noch 'nen Bischof?" Der lachende Percy begrüßte ihn somit als Bischof im Hofstaat des Märchenlandes.

Nachdem die lange und bei weitem nicht so coole, wie man meinen könnte, Backstory zum Märchenland aufgeklärt war und alle ihre Geschichten über den Weg zum Treffpunkt erzählt hatten, begann Alina damit, die

Fortschritte von Luca und ihr mit der Gruppe zu teilen. „Also, Luca hat die Meute in den Griff bekommen und uns etwa zwei Tage ab morgen erkauft. Wenn das Spiel danach nicht wieder läuft, werden die Rezensionen uns zerstören. Ich habe es auch mittlerweile geschafft, die Sicherheitslücke, durch die der Eindringling reinkam, zu finden und zu stopfen. Außerdem habe ich meinen Account wieder als God-Admin hinterlegt und den Hacker aus dem System geworfen. Wenn er keine neue Lücke mehr findet, kann er also keinen Schaden mehr verursachen. Aber das hört sich gerade erst mal besser an, als es ist, denn die verursachten Schäden kann ich nicht reparieren ohne ein Master-Passwort von ihm. Ich versuche also gerade, mein eigenes System zu hacken. Ich habe auch ein Fragment gefunden, das wie eine Botschaft aussieht, die muss ich aber erst dechiffrieren. Aber alles weist darauf hin, dass der Welt Reset weiterhin unsere beste Lösung ist. Von daher wäre es wirklich mega toll von euch, wenn ihr weiterspielt." Da aber niemand den Eindruck erweckte, nicht weitermachen zu wollen, gab Sabrina nun ihre Meinung zu den neuen Informationen kund: „Meine Idee wäre, zuerst die Nachricht anzugehen. Vielleicht ist das ein Tipp, aber ich bin nicht der Cyber-Security-Experte hier." Alina, der diese Tatsache bewusst war, nahm das Feedback an und antwortete ihr: „Richtig, das ist nämlich keiner von uns." Oder hat von euch jemand Ahnung von sowas?" Obwohl sie nicht damit gerechnet hatte, dass sich tatsächlich jemand melden würde, überzeugte Julian sie vom Gegenteil. „Ja, also die Grundlagen beherrsche ich." Luca, der die Chance ergriff, bot sofort an, für ihn weiterzuspielen. Alina hingegen wollte etwas diplomatischer vorgehen. „Wäre das okay für dich, Julian?" Dieser guckte etwas enttäuscht und wünschte sich gerade, nichts gesagt zu haben, antwortete ihr aber: „Ich würde zwar lieber weiterspielen, aber wenn ich helfen kann, das Spiel zu retten, kann ich noch genug spielen, also klar." Alina, die von dieser Wendung positiv überrascht war, fragte nun Sabrina nach dem Spielplan für den nächsten Tag, welchen sie ihr auch erklärte. „Ja, den habe ich, wir müssen im Endeffekt vier Ziele erreichen. Einmal brauchen wir ein Zepter aus den Schatzkammern im Palast des Königs. Dann müssen wir drei Bosse besiegen, um an eine Art Edelsteine von ihnen zu kommen und damit das Zepter auszustatten. Danach müssen wir den Kampf gegen Hyperion aufnehmen. Der erste dieser Bosse ist hier in Vlaxmery, genau wie das Zepter. Den würde ich mit einem von euch erlegen und danach mit demjenigen in den Palast einbrechen und das Zepter klauen. Der Rest von euch geht die anderen beiden Bosse besiegen. Für Hyperion müssen wir uns dann wieder treffen. Es ist jetzt kurz vor Mitternacht, deshalb schlage ich vor, dass wir heute nicht mehr weiterspielen, sondern uns ausruhen. Da unsere Charaktere eh eine Ruhepause brauchen, hält uns das nicht großartig auf. Daher meine Empfehlung: den Abend entspannt ausklingen lassen und morgen Vormittag weiterspielen." In Alinas Gesicht kämpften die Freude über diesen guten Plan und die Enttäuschung, dass es heute nicht weitergehen würde, aber schließlich siegte die Vernunft auch bei ihr. „So hart das klingt, aber ich denke du hast recht und wir sollten uns alle etwas ausruhen." Willi, der die letzten Minuten, außer ein paar leise Fragen an Kevin, nichts gesagt hatte, erwachte beim Wort „Ausklingen" wieder zum Leben. „Jawohl, ich hole noch eine Runde Bier."

Percy belobigte ihn dazu und wandte sich dann zu Sabrina. „Guter Mann. Und guter Plan, Sabrina. Aber habt ihr eigentlich schon einen Plan, wo ihr schlafen wollt?" Sabrina wollte gerade den Mund aufmachen, kam aber nicht mehr zu einer Antwort, da Luca reingrätschte: „Willi hat uns angeboten, dass ich hier auf der Couch und Alina in eurem Gästezimmer schlafen kann." Sabrina hatte die Chance genutzt, noch einmal die Antwort, die sie sich im Vorfeld auf diese Frage überlegt hatte, durch den Kopf gehen zu lassen. „Und ich dachte, ich kann vielleicht bei dir unterkommen. Du schuldest mir ja noch 'ne Übernachtung nach der Party in München letzte Woche." Dieser Satz löste deutlich mehr Reaktionen aus, als sie erwartet hatte. Zuerst fing Willi an: „Uiui, wenn das die Mama erfährt, hast du keine ruhige Minute mehr. Die löchert dich mit Fragen", zog er seinen Bruder aus Spaß auf. Die nächste Reaktion kam von Percy, der zwar auf diese Antwort von Sabrina gehofft, aber nicht damit gerechnet hatte und daher nur etwas Stottern herausbrachte. Bevor er in der Lage war, einen geraden Satz zu formulieren, griff ihm aber Toni unter die Arme. „Ja, natürlich kannst du bei ihm schlafen, Sabrina. Er würde sich sehr freuen." „Genau das, was ich sagen wollte", schoss Percy nun hinterher. Kevin, an dem das Ganze gerade vorbei gegangen war, rief Willi in Richtung der Entgegenkommenden, wo eigentlich das Bier bleibe. Nachdem dieser ihm gesagt hatte, dass es schneller gehen würde, wenn er beim Tragen helfe, sagte er ihm, dass er sich ruhig Zeit lassen solle. Toni griff währenddessen in seine Tasche und holte einen Grinder heraus. „Ich hätte da noch was anderes dabei, wenn wer Lust hat." Die Reaktionen hierauf waren gemischt. Julian wollte wissen, ob es sein Homegrow war, während Kevin ihn leicht angeekelt ansah und ihn aufforderte, von ihm weg zu bleiben, während er sein nächstes Bier ansetzte. Alina hingegen war eher auf Julians Seite. „Ich nehme gern was, wenn ich darf. Das wäre jetzt genau das Richtige."

Da die Charaktere eh zwölf Stunden Ruhepause brauchten (Alina hatte dieses Feature als Suchtprävention eingebaut), genossen alle den entspannten Abend bei Bier und Joints, bevor sich die meisten zu Fuß oder mit Fahrrädern, die sie sich von Willi geliehen hatten, auf den Heimweg machten. Für den nächsten Tag war zehn Uhr als Treffzeit zum gemeinsamen Frühstück samt detaillierter Planvorstellung vereinbart worden.

Percy genoss die immer noch warme Nachtluft, als er zusammen mit Sabrina nach Hause spazierte. Es war mittlerweile fast zwei Uhr morgens und die beiden unterhielten sich immer noch über *Iltharia*. Percy hatte sich eine kurze Zusammenfassung der Lore geben lassen. Anscheinend zielte das Spiel darauf ab, Hyperion am Ende entweder weiter schlafen zu lassen oder ihn zu töten. Da er bereits wach war, ist ihn schlafen zu lassen keine Option mehr. Um ihn besiegen zu können, würde man vom König ein Zepter erhalten, dessen Kraft man mit drei mystischen Edelsteinen aufladen konnte. Alleine oder mit vereinzelten war es zwar immer noch stark, aber die Kraft, die nötig war, um den Endgegner Hyperion besiegen zu können, hatte es nur mit allen drei. Die einzelnen Edelsteine wurden von verschiedenen Kreaturen bewacht und eine davon war in den Katakomben unter Vlaxmery zu finden.

Der Weg zu Percys Wohnung führte durch einen Wald, als Sabrina plötzlich das Thema wechselte: „Sag mal, kennst du einen Franz Geiger?"

„Ja, guter Freund von uns, warum?" fragte er verblüfft. „Toni hat mich gebeten, seinen Ingame-Buddy in unserer Gruppe aufzunehmen. Ich hab vorhin den Spieler gecheckt und gesehen, dass er im selben Ort hier wohnt. Aber die beiden hätten sich doch erkannt, oder?" hakte sie nach.

„Naja, wenn es zwei schaffen, verplant genug zu sein, um es nicht zu bemerken, dann die beiden. Soll ich Franzi schreiben? Vertrauenswürdig ist er auf alle Fälle", meinte Percy belustigt. „Das wäre super, ein Spieler mehr kann uns nicht schaden", erwiderte Sabrina. „Mega, mach ich. Dann wird's ja noch lustiger."

Einige Minuten später kamen die beiden in Percys Wohnung an und Sabrina fing an, seine Einrichtung zu begutachten. „Schön hast du's hier, viel Nerdzeug.

Gefällt mir. Ist das das blaue Horn aus „How I Met Your Mother"? Da neben dem Schwert von Gryffindor?" Percy, der es noch nicht oft erlebt hatte, dass weiblicher Besuch solche Requisiten sofort erkannten, freute sich so darüber, dass er anfing, mit Sabrina über diese und weitere Dekorationen in seinem Wohnzimmer zu sprechen. Er fragte, ob sie noch etwas trinken wolle, was sie bejahte. Kurze Zeit später saßen die beiden, Percy mit einem Bier und Sabrina mit einem Glas Wein, auf der Couch. „Du kannst übrigens gerne in meinem Bett schlafen, ich bleib dann auch auf der Couch", bot er ihr an. Sabrina prostete ihm mit ihrem Glas zu und antwortete. „Ah, ein wahrer Gentleman, aber du hast schon bei mir auf der Couch übernachtet, das kann ich jetzt nicht von dir erwarten." Nachdem Percy aber darauf bestand, sprach Sabrina weiter. „Also von mir aus können wir uns dein Bett auch gerne teilen, ein bisschen kuscheln wäre gerade super. Also nur, wenn du willst natürlich." Percy lief rot an und setzte zu einer Antwort an: „Ja, mhm, also von mir aus gern." Sabrina lächelte ihn an und meinte: „Wie süß überfordert du gerade bist, gefällt mir." Daraufhin bekam Percy nur noch ein „Mhm, ja, eh" heraus, bis Sabrina widersprach. „Bleib entspannt, ist doch alles cool. Gut, dass du nicht so ein Macho bist. Dein Badezimmer ist da hinten? Ich gehe schnell zum Schlafen, Umziehen und

Zähneputzen", woraufhin sie sich ihren Rucksack schnappte und in Richtung Badezimmer ging.

In dem Moment, als Percy hörte, wie die Badezimmertür ins Schloss fiel, sprang er auf und raste in sein Schlafzimmer. Er hatte schätzungsweise etwa fünf Minuten Zeit, um den Saustall dort aufzuräumen. Er war gerade dabei, sein Kopfkissen auf dem frisch bezogenen Bett zu drapieren, als Sabrina in einem Hello-Kitty-Schlafanzug hinter ihm stand. „Oh, ich dachte nicht, dass das erst noch renoviert wird, bevor wir schlafen gehen können." Percy, der heute morgen absolut nicht mit diesem Ende des Tages gerechnet hatte, antwortete ihr: „Renovieren ist vielleicht etwas übertrieben, aber ich gebe zu, dass ich hier noch klar Schiff machen musste."

„Denk dir nichts, zum Glück hast du mein Schlafzimmer nicht gesehen. Wenn du deins in den paar Minuten so schick hast machen können, ist meins definitiv schlimmer. Seit du meinen Schlafanzug gesehen hast, schaffst du es irgendwie gleichzeitig erleichtert und enttäuscht auszusehen. Hast du mit was anderem gerechnet?" fragte sie ihn herausfordernd. Mittlerweile hatte er sich wieder gefasst und sagte mit einem leichten Grinsen: „Mhm, nein, natürlich nicht, was denkst du denn von mir?"

Sabrina, die froh darüber war, wie locker er ihre direkte Frage aufnahm, fuhr fort: „Genau das, was du denkst, dass ich denke: Du dachtest, ich will mit dir schlafen. Versteh das jetzt nicht falsch, das will ich vielleicht schon noch. Aber nicht heute. Ich finde dich total süß und lieb und toll, aber ich bin massiv übermüdet und will jetzt einfach nur noch schlafen."

"Ja ne alles cool, ich wollte auch nur ganz normal schlafen", log Percy daraufhin. Sabrina durchschaute ihn natürlich. "Ja ne, ist klar. Ich nehme die Seite."

Nachdem er sich ins Bett gelegt hatte, war er froh, dass Sabrina im Dunkeln sein Gesicht nicht sehen konnte, nachdem sie sich an ihn gekuschelt hat. Er konnte förmlich spüren, wie sein Gesicht rot anlief und von einem glücklichen Grinsen geziert wurde. Der Umgang mit Mädels war noch nie seine Spezialität gewesen, aber mit Sabrina fühlte sich alles so leicht und unbefangen an. Doch dann traf auch ihn plötzlich die Müdigkeit mit der Kraft eines D-Zuges und so flüsterte er Sabrina ein leises "Gute Nacht" ins Ohr, was diese bereits mit einem leisen Schnarchen erwiderte.

Kapitel 18: Ein neuer, alter Freund

Als Percy am nächsten Morgen aufwachte, bemerkte er, dass die andere Seite des Bettes leer war. Nachdem er sich im Bett gestreckt hatte, stand er auf und fand Sabrina am zocken vor seinem Fernseher. „Guten Morgen, du Schlafmütze. Ich wollte dich eh grad wecken, wir müssen langsam los. Du schnarchst übrigens wie ein Sägewerk." Percy, der sich über diesen Zustand durchaus bewusst war, ignorierte den letzten Teil. „Ohja, du hast recht, ist schon ganz schön spät. Ich mach mich schnell fertig. Willst du lieber wieder zu Fuß laufen oder sollen wir zu den anderen fahren?" Sabrina schaute kurz von ihrem Spiel zu Percy und zeigte dann auf das Fenster. „Hast du mal beim Fenster rausgeschaut? Es regnet wie aus Eimern, ich wäre massiv fürs Fahren."

Zurück an Ihrem Stützpunkt waren die meisten schon eingetroffen und Alina deckte gerade den Frühstückstisch zusammen mit Willi und begrüßte die beiden. „Da seid ihr ja jetzt. Fehlt eigentlich nur noch Kevin, dann können wir loslegen. Ich habe Neuigkeiten. Ach, da ist er ja auch schon." Kevin betrat das Wohnzimmer, aus dem Flur konnte man jedoch die Schritte einer weiteren Person hören. „Ich hab mich einfach mal selber reingelassen. Schaut mal, wen ich im Hof gefunden hab." Die Schritte näherten sich dem Wohnzimmer und eine Stimme erklang aus dem Flur: "Franz wollen auch retten *Iltharia.*"

Toni spuckte beinahe seinen Kakao wieder aus. „Scheiß die Wand an, nicht dein Ernst!" Franz schaute ihn daraufhin todernst an und erwiderte in seiner

üblichen Weise: "Franz immer ernst!" Toni, der es immer noch nicht fassen konnte, dass er die ganze Zeit mit seinem Freund ein paar Häuser weiter gespielt hatte, fragte ihn. "Oida, wie geil! Wie hast du das gemerkt?"

Franz, der mittlerweile im Wohnzimmer angekommen war, antwortete:

"Dachte es mir zwischenzeitlich schon mal, aber ich dachte dann, dass der Zufall eigentlich zu groß ist. Wobei ich es, im Nachhinein betrachtet, bei dem DML Zeug hätte merken müssen."

Auch der Rest der Jungs kommentierte das, was sie eben herausgefunden hatten. Percy fing damit an: „Sowas schafft auch nur ihr beiden Knallköpfe." Nachgelegt wurde sofort durch Kevin: „Ihr habt nicht

wirklich zu zweit gespielt und das nicht bemerkt, oder?"
Doch eine Chance, sich zu verteidigen, bekamen die
beiden nicht, denn jetzt war Julian an der Reihe: „Oida,
Franz und Toni im Prime-Mode." Um die
Aufmerksamkeit wieder auf das Wesentliche zu richten,
meldete sich Alina wieder zu Wort. „So wie es aussieht,
haben wir einen zweiten Magier, einen Troll-Magier,
dazubekommen. Schön, dass du hier bist, Franz. Lasst
uns erst mal frühstücken, dann können wir dich briefen."

Die Gruppe ließ sich frische Semmeln, heißen Kaffee
und Orangensaft zum Frühstück schmecken und
brachte Franz währenddessen auf den Stand der Dinge.
Luca musste allerdings noch einmal auf diesen riesigen
Zufall eingehen. „Wir haben die Beta-Accounts zufällig
deutschlandweit verlost. Wie wahrscheinlich ist es
eigentlich, dass in diesem Kaff hier zwei einen Account
bekommen?" Dass dieser Satz nicht sonderlich klug
war, bemerkte er durch

die empörten Beleidigungen der Einheimischen.

Percy sprach das aus, was sie alle sagen wollten: „Wo
kommst du nochmal her? Sachsen? Ich würde ja die
Klappe halten." Nachdem Luca sich für seinen Fauxpas

entschuldigt hatte, fuhr Alina fort. „Ja, wirklich ein krasser Zufall, aber soll jetzt nicht unser Problem sein. Im Gegenteil, Franz beherrscht das Spiel bereits und hat ein Headset." Franz wurde plötzlich etwas bewusst. „Das hätte ich mitnehmen sollen?" Nachdem Alina ihm entgeistert gesagt hatte, dass das ja wohl selbstverständlich sei, bot Percy an, ihn schnell zu fahren, um es bei ihm zu Hause zu holen. Im Auto fing er an, ihn auszufragen. „Hast du wirklich nicht geschnallt, dass du mit Toni spielst?"

„Doch klar, ich erkenne doch die Stimme und euer DML-Zeug. Das war ja auch offensichtlich. Ich wollte bloß schauen, ob er es irgendwann noch merkt", erhielt er als Antwort. „Ich glaub, du hättest das ganze Spiel mit ihm durchspielen können, ohne dass er es gemerkt hätte." Diesen Verdacht teilte Franz mit ihm und fragte ihn dann, wie es eigentlich mit dem Sterben in diesem Spiel läuft, da seine Figur ja tot sei. „Also, was ich jetzt erfragt habe: Du verlierst deine Ausrüstung, Level behältst du und startest in deinem Anfangsbiom wieder. Alina hat dich ja eh gebrieft. Ich denk mal, du wirst dich mit der größeren Gruppe bei einem der Drachen treffen. Sabrina lässt sich sicherlich noch was einfallen, wie du schnell an Ausrüstung kommst."

Nachdem Sie das Headset geholt hatten und zurück bei der Gruppe waren, begann Sabrina damit, den Plan noch einmal durchzugehen. „Gut, da wir jetzt alle unser Equipment haben, hier nochmal der Plan. Ich gehe zusammen mit Ludwig in die Burg und wir klauen das Zepter, danach töten wir einen der

Schatzwächter, das kriegen wir zu zweit hin, weil der mit einem Trick leicht zu besiegen ist. Toni, Kevin, Percy - ihr lauft nach Nordosten, eine genaue Wegbeschreibung bekommt ihr noch. Etwa 40 Minuten von hier entfernt werdet ihr den Eingang zu einem Mausoleum finden. Dort werdet ihr gegen den zweiten Schatzwächter kämpfen müssen. Er heißt Morvlok und ist ein ehemaliger König eines vorigen Reiches von *Iltharia*, der durch dunkle Magie noch am Leben ist. Im Kampf muss er durch Paladin-Magie markiert werden, dann nimmt er deutlich mehr Schaden. Luca, du loggst dich über Julians Brille ein, du bist der Raidführer gegen Morvlok. Danach ist ja klar für dich: per Fähre runter an die Küste und Sturmwind legen. Franz, du loggst dich am besten sofort ein und beginnst, runter zu Morvlok zu laufen, du bist weiter weg als der Rest. Weißt du, wo das ist?" Nachdem Franz geklärt hatte, dass es, wie er dachte, die Ruine an der Grenze zu den Elbenwäldern war, sprach Alina weiter. „Du hast ja den Ingame-Teil im Griff, ich schau, was hier draußen geht. Julian, du hast gesagt, du kennst dich aus und kannst mir helfen?" Julian, der seine Entscheidung mittlerweile bereute, teilte ihr mit, dass er sehen würde, was geht. Alina versprach daraufhin, ihn technisch auf den Stand der Dinge zu bringen, sobald alle im Spiel waren und sie das Wort wieder an Sabrina übergab. „Okay, dann hat ja jeder Arbeit, oder? Sobald ihr mit Sturmwind durch seid, führt die Gruppe bitte zu Hyperion. Luca, den schaffen wir nur zusammen!" Luca, der sich freute, in der Befehlskette aufgestiegen zu sein, antwortete mit: „Jawohl, Frau Oberraideführerin, jawohl." Sabrina sah ihn grinsend an. „Wenn du es militärisch willst, kannst du das haben. An die Arbeit!"

Kapitel 19: Edelsteinfieber

Alina und Julian

Nachdem Alina ihn fertig gebrieft hatte, fasste Julian alles nochmal zusammen. „Also willst du sagen, dass du es geschafft hast, wieder Admin zu sein, aber für den Master-Account brauchst du nochmal einen Schlüssel und den hat der Hacker in ein Item gelegt, das Hyperion droppt, wenn er besiegt wird?" Alina war froh darüber, dass er ihr folgen konnte. „Kurz gefasst: Ja, ich vermute es zumindest. Leider habe ich technisch keine Option, an dieses Passwort ranzukommen, daher muss es im Spiel gefunden werden."

„Und der Hacker?" fragte Julian nach. „Ohne Master-Account bringe ich ihn nicht ganz aus dem System, mein Plan wäre es aber, alles so abzusichern, dass ein erneutes Eindringen unmöglich wird", beantwortete sie seine Rückfrage. „Warum sollte jemand so etwas tun?", wollte er wissen. „Ich weiß es nicht. Alles, was ich noch habe, ist in der Chat-Konsole des Servers. Eine Nachricht von einem gewissen Arthus: „Beweise deinen Wert für *Iltharia* oder verliere es für immer." Julian sah sie stutzig an. „Eine Idee, wer hinter Arthus stecken könnte und was damit gemeint ist?" Alina holte einmal Luft und begann zu erzählen: „Arthus ist eine der Hauptfiguren in *Iltharia*. Ich weiß, etwas klischeehaft, aber er ist der König des Reiches. Im ersten Moment dachte ich schon, dass sich die KI selbstständig gemacht hat, aber das ist ja unmöglich. Das heißt, es muss natürlich ein anderer Mensch gewesen sein." Julian ließ dies kurz auf sich wirken, bevor er seine nächste Frage stellte. „Was sagen Sabrina und Luca dazu?" Alina musste schlucken, bevor sie antworten konnte. "Sie wissen es nicht." Auf seine Frage, wieso nicht, antwortete sie: "Halt mich jetzt bitte nicht für paranoid, aber niemand hätte es so leicht wie die beiden, das Spiel zu hacken. Die Passwörter waren alle offene Geheimnisse bei uns in der Firma." Julian wurde jetzt leicht stutzig. "Warum erzählst du es ausgerechnet mir?" Dieses Mal konnte Alina leichter antworten. "Weil du so begeistert von meinem Projekt bist, dass ich nicht glaube, dass du mir Schaden zufügen wollen würdest und, weil du nach meinen Mitarbeitern am meisten Ahnung von all dem hier hast. Deshalb würde ich dich bitten, das alles für dich zu behalten und jetzt meine Arbeit nach Fehlern zu überprüfen. Vielleicht gibt es ja eine andere Methode, an das Passwort zu gelangen oder noch Sicherheitslücken, die ich übersehen habe. Ich muss dich hier aber leider die nächste Stunde alleine lassen, ich habe eine Telko mit meinen Investoren und muss mir irgendwie Zeit erkaufen bei diesen Haien." Julian gab ihr zu verstehen, dass er ihr Geheimnis wahren würde und sein Glück versuchen würde, bevor er ihr sarkastisch „viel Spaß!" wünschte.

Luca, Kevin, Percy und Toni

Die Stimmung der Gruppe auf ihrem Marsch war außergewöhnlich gut, als sie durch die Felder des Umlandes von Vlaxmery ritten. Die spätsommerliche Sonne konnten sie auf ihrer Haut beinahe spüren, genau so wie den Wind, der ihnen über die Haut zog. Kevin und Percy saßen auf ihren Zottelhörner während Luca das Pferd von Julian genommen hatte. Er kommentierte dies damit, dass es ja Julians Pferd sei und er übers Julians Account ja nun quasi er war. Toni hatte sich, nach kurzem überlegen, bei wem der drei er mitreiten wollte, dazu entschlossen, dass Luca wohl der vertrauenswürdigste Reiter war. Er war sich nicht sicher, ob Kevin und Percy diese riesigen Schafe kontrollieren konnten oder in den nächsten Baum hineinreiten würden. Auch die hochtrabenden Erzählungen der beiden, wie sie „die Gefährten" schon durch das halbe Zwergenreich gesteuert hatten, während sie einen Endgame-Boss besiegt hatten, und das nur auf den Hinterbeinen, beruhigten ihn nicht – dafür hatten die Charaktere der beiden zu viele blaue Flecken. Schließlich begann Luca zu sprechen. „Endlich wieder im Game, ich dachte bei 'ner Bewerbung als

Spieleentwickler eh, dass ich viel mehr spielen darf. Eigentlich bin ich meistens nur am Programmieren und so, und wenn ich mal spielen darf, dann dieselbe Passage zig Male am Stück, um Bugs zu finden. Total langweilig, hab ich mir deutlich spektakulärer vorgestellt. Aber hier jetzt mit ein paar neuen Freunden zu reiten - so machen Überstunden Spaß!"

Percy sah ihn einen Moment leicht ungläubig an. „Naja, das hätte dir ja auch klar sein können, dass du nicht den ganzen Tag spielst, oder?" Luca, dem das im Nachhinein auch klar war, versuchte abzulenken. „Naja, vielleicht, aber hey, seht ihr das da vorn? Es ist kein schwieriges Gebiet, die paar Wegelagerer machen wir platt!"

„Wegelagerer? Die Schnupf ma!" meinte Kevin dazu, bevor Luca den Schlachtplan präsentierte. „Also ganz einfacher Plan: Toni und ich bleiben hinten, Kevin und Percy nach vorne." Kevin bestätigte, dass er den Plan verstanden hatte, indem er einen Schlachtruf brüllte und im vollen Galopp nach vorne preschte. Percy wartete noch einen kurzen Moment. „Ach Toni, Sabrina hat mir erzählt, was du mit dem Goblin gemacht hast. Ich wäre dir dankbar, wenn du diesmal keine Bombe auf uns wirfst", teilte er mit, um ihn zu ärgern. Toni war davon unbeeindruckt. „Ist schon recht, schau lieber mal, dass da Kevin da vorn nicht abkratzt, bis du da bist."

Percy gab seinem Kampfschaf, das er liebevoll auf Ragnarocky getauft hatte, einen leichten Tritt in die Seite, und begann im vollen Galopp, den Abstand zu Kevin auf Speritus Rex aufzuholen. Die Anspielung auf die Speerspitze hatte er nicht mal hier sein lassen können. „Ich übernehm die drei rechts, nimm du die beiden linken!, rief er dem Krieger zu. „Sodass du am Ende mehr Kills hast als ich? Vergiss es, ich nehme die drei!", rief ihm dieser durch den Wind entgegen.

Percy bemerkte in diesem Moment zwei weitere Gegner auf der linken Seite und rief daher: „Alles klar, viel Spaß! Wenn wir gut sind, bleibt für die anderen nichts mehr übrig!"

Percy zückte seine Waffe und steuerte Ragnarocky mit seinen Hörnern. Direkt auf den ersten Gegner, welcher von seinem Schaf aufgehoben und weggeschleudert wurde und nach ein paar Metern freiem Flug reglos am Boden liegen blieb. Noch bevor seine Kumpanen reagieren konnten, hatte er dem zweiten den Kopf abgeschlagen und war von seinem Reittier gesprungen. Jetzt hatte er die Aufmerksamkeit der beiden anderen und trat auf diese zu. „Na kommt doch her!" provozierte er.

Und das taten die beiden auch, allerdings hatte Luca recht damit gehabt, dass es leichte Gegner waren, und so waren beide in kürzester Zeit erlegt. Als er gerade noch dabei war, die Leichen zu plündern, bemerkte er das Schimpfen von Kevin, einige Meter neben ihm. „Ey, du Arsch, das waren meine!"

"Oh, ups, das tut mir aber leid!" hörte er Luca Kevin ärgern. "Och nö, warst zu zu langsam?" streute Toni noch Salz in die Wunde.

Percy bemerkte, dass zwei der drei einen Pfeil in der Brust stecken hatten und der dritte sich anscheinend einen Stein per Telekinese-Wurf durch den Kopf hatte gehen lassen. „Für was reit ich denn hier heroisch voraus, wenn zwei so Hampelmanns aus der sicheren Entfernung die Kills sammeln?" wollte Kevin wütend wissen. Percy nutzte die Chance, nochmal einen draufzusetzen. „Also vier zu null, oder?" Verdutzt fragte ihn Kevin, wieso denn vier, da es doch nur zwei waren, aber nachdem Percy ihn aufgefordert hatte, nachzuzählen, wurde Kevin rasend. „Eins, zwei, drei und vier – ach verdammt, so ein Dreck. Trotzdem war ich der Beste, ich hab alle abgelenkt!"

„Ja Kevin, du warst der Held" begann Toni damit, ihn wieder zu beruhigen. „Luca, was ist das?" rief Percy plötzlich misstrauisch aus. Er zeigte auf einen riesigen, einem schwarzen Geier ähnelnden Vogel am Himmel, der sich ihnen schnell näherte. „Das ist gar nicht gut, Köpfe runter!!!", rief Luca den Männern zu. „Wie, warum, was denn? Den schaffen wir doch auch noch!" rief Kevin voller Tatendrang. Nachdem der Vogel beim Näherkommen immer größer wurde, wurde auch Kevin nervös und ging auf Lucas' Anweisung hin, schließlich doch in Deckung.

Der riesige, hässliche Vogel kreiste mittlerweile über ihnen und begann plötzlich mit dem Sturzflug. Allerdings kam er nicht auf sie zu, sondern auf die beiden Schafe, die mittlerweile zusammen grasten und so abgelenkt waren, dass sie die Bedrohung nicht sahen. Und so war das nächste, das sie hörten, das empörte, laute Blöken eines Zottelhorns. Kevin sprang aus seiner Deckung und fing an zu schreien: „Sperimus REX! Nein! Komm her, du Mistvieh, schieß ihm die Flügel ab!"

Das Monster hatte wohl nicht mit dem Gewicht des Tieres gerechnet und war so erst etwa einen Meter über dem Boden, als Luca reagierte und ihn mit dem ersten Pfeil knapp verfehlte. Dadurch versuchte es jetzt aber mit aller Kraft, schneller mit seiner Beute davonzukommen, bis es plötzlich zurück auf den Boden gezogen wurde. „Kevin, was tust du da?" rief Toni verwundert. „Nach was sieht's aus? Ich rette mein Schaf! Hilf mir lieber mal, anstatt blöd dazustehen", rief ihm dieser entgegen.

So hing der Zwerg, seinen Streitkolben in einer Hand, die andere Hand an einem Bein seines Tieres, nun einen knappen Meter in der Luft, und versuchte verzweifelt, die schwarze Kreatur mit seiner Waffe zu treffen, aber sie war außer Reichweite. Da das Monster immer weiter an Höhe gewann, versuchte Luca weiter, Kevin zum Loslassen zu bringen. „Lass los, bevor ihr zu weit oben seid!" rief er ihm entgegen. Dieser blieb aber hartnäckig. „Niemals, erschieß das Vieh doch einfach!" Toni erkannte, dass Kevin einfach zu stur war zum Loslassen. „Der lässt nicht los! Wir müssen ihm helfen! Ich beschieße das Monster mit Steinen!" Percy rannte los, in der Hoffnung, dass das Vieh nicht zwei Zwerge und einen Zottelhorn wegtragen konnte. Aber nachdem es mittlerweile so weit in der Luft war, war das einzige, was er noch zu greifen bekam, die Beine seines Mitzwerges. Und so baumelten sie jetzt beide unter dem protestierenden Schaf in den Klauen der Bestie. Lucas' nächster Pfeil traf endlich einen Flügel und so begannen sie wieder zu sinken. Nachdem Toni es geschafft hatte, eine Handvoll Kieselsteine durch die ledrigen Flügel zu schießen, ließ das Vieh das Schaf los und flog verletzt zurück. Nachdem er sich vom Boden aufgerappelt hatte und sich vergewissert hatte, dass es Percy gut ging, brüllte Kevin dem Monster hinterher: „Und jetzt abhauen? Komm zurück, du Feigling!" Luca, der über das Verhalten dieser Kreaturen Bescheid wusste, warnte die anderen. „Keine Sorge, der kommt zurück, und zwar mit Verstärkung. Die Dinger sind höchst nachtragend."

Percy realisierte, dass ein Kampf gegen mehrere dieser Gestalten auf offenem Feld schlecht für sie enden würde. „Dann sollten wir schauen, dass wir Land gewinnen! Wie geht's Speerimus?" fragte er Kevin, der gerade dabei war, sein Tier zu inspizieren. "Das Bein sieht komisch aus, aber du kannst doch heilen, oder?"

"Ich weis nicht, ob das bei Tieren auch klappt, aber versuchen kann ich es", beruhigte er Kevin und trat einen Schritt auf das Schaf zu. Tatsächlich half Percys Paladin Magie und so konnten sie alle schnell wieder aufsitzen und begannen im Höchsttempo ihre Weiterreise. Laut Luca sollten sie in fünf Minuten da sein. Grund genug für sie, die Beine in die Hand zu nehmen und Gas zu geben.

Franz

Franz hatte das Startgebiet schon einige Male gesehen, als gerespwanter musste er auch kein Intro spielen, sondern war sofort wieder da. Einige Waffen hatte er in seiner persönlichen Kiste verstaut und nachdem er diese leergeräumt hatte, machte er sich auf den Weg zum Treffpunkt. Nachdem keine Pferde mehr am Dorfplatz waren, befürchtete er schon zu Fuß gehen zu müssen. Als er am Dorfausgang ankam, sah er jedoch, wie ein Pferd, das nach Ork Model aussah und als wäre es seit Tagen alleine durch die Welt gerannt, von einem Troll Kind hereingeführt wurde. Das Pferd war schnell geklaut und der restliche Weg ein Kinderspiel. Allen Gegner-Gruppen wich er aus und blieb auf Abstand und nach einer knappen Stunde kam er am Mausoleum an und wartete dort.

Einige Minuten lang passierte nichts und als er gerade begann, sich massiv zu langweilen, sah er plötzlich einige schwarze Punkte in der Luft, die in Kreisen über eine Staubwolke am Boden flogen. Immer wieder tauchte einer der Punkte in die Wolke hinab und gleich wieder auf.

Er erkannte, dass beides direkt auf ihn zukam und bekam ein schlechtes Gefühl bei der Sache. Welches sich als wahr herausstellte, nachdem er in der Staubwolke zwei unfassbar große und hässliche Schafe samt Reitern sowie ein Pferd mit zwei Gestalten darauf erkannte. Auch die schwarzen Punkte konnte er jetzt als Angreifer identifizieren.

Er hatte zwei Optionen: entweder er würde den anderen zur Hilfe kommen und den Kampf riskieren, wohl im Wissen, dass es gegen so viele davon für sie eng werden würde, oder er würde die Tür zum Mausoleum öffnen und einen Fluchtweg für seine Freunde bereitstellen.

Sabrina und Ludwig

Nachdem die anderen unter viel Getöse und blöden Sprüchen aufgebrochen waren und Sabrina Ludwig am Kragen packen musste, um ihn daran zu hindern, mit den anderen Jungs das Wirtshaus zu verlassen, sah dieser sie fragend an: "Warum nimmst du mich eigentlich mit? Jeder andere is doch besser in dem Gespiele hier?" Er rechnete insgeheim mit einer Antwort von wegen, dass er verborgene Talente in sich hatte, die er selbst noch nicht erkannt hatte. Aber von Sabrinas Antwort war er dann doch enttäuscht. "Ganz einfach, ich schaffs auch alleine. Ich brauche eigentlich nur jemanden zur Ablenkung. Versuch einfach immer hinter mir zu bleiben und überlass mir das Kämpfen. "So schwer wie du befürchtest, wird es nicht. Versprochen!" Irgendwo beruhigte es ihn auch, dass er keine größere Verantwortung trug und fand sich mit seinem Schicksal ab und fasste zusammen: "Also ich soll dir wie ein Hund hinterher rennen und bellen, wenn du das willst?" Sabrina, die sich ertappt fühlte, sagte zögerlich: "So würd ich es nicht formulieren, aber ja." Einen Moment hatte sie Angst, er könnte beleidigt sein, aber nachdem er ihr sagte, dass er den Posten gut finde, waren ihre Sorgen wie weggeflogen.

Ludwig bekam nicht mal ansatzweise mit, was da gerade passierte, nachdem er Sabrina von einem Geheimweg zum nächsten gefolgt war und sie plötzlich im Keller des Palastes des Königs waren. Mehrfach ging es durch irgendwelche Hecken und Gestrüpp, in den Rücken einer Statue und einmal sogar durchs Wasser. In dem Tempo, in dem sie durch die Straßen der Stadt und deren Abkürzungen rannte, konnte er sich den Weg nicht merken. Wenn er Sabrina verlor, würde er nie wieder zurückfinden. Er erwischte sich dabei, sich wirklich Gedanken über das Spiel zu machen. Kein Spiel, das er bisher gespielt hatte, hatte so etwas in ihm ausgelöst. Dieses Spiel hier aber packte ihn wirklich.

Das letzte Stück ihres Weges endete in der doppelten Hinterwand einer Abstellkammer in den Kerkern des Palasts.

Sabrinas Pläne funktionierten genau wie sie es sich ausgemalt hatte. Ludwig schaffte es, die Wachen zu beschäftigen, indem er einfach singend den Gang in die der Schatzkammer abgewandte Seite herunterlief. Auf die Frage, wo er hinlaufen sollte, sagte sie ihm, dass es egal sei, da er sicher gefasst werden würde. Dem Einsetzen nach zu urteilen, war ihm das wohl nicht wirklich recht, daher erzählte sie ihm, dass man in diesem Spiel die Charaktere von anderen Spielern aus dem Gefängnis freikaufen konnte und er in der Zwischenzeit einfach Pause machen sollte. Im letzten Moment fiel ihr noch ein, dass er die Wachen nicht angreifen dürfe, sonst würden sie ihn umbringen und nicht gefangen nehmen. Der Rest war einfach: Sie schlich sich an der letzten Wache vorbei, drang in die königliche Schatzkammer ein, machte sich die Taschen voll mit Gold und griff nach dem leeren Zepter. Das

Relikt lag klischeemäßig auf einem roten Samtkissen, welches in der Mitte des Raumes auf einer vergoldeten Marmorsäule lag. Um auf Nummer sicher zu gehen, dass sie nicht zu schnell bemerkt werden würde, stach sie die einzelne Wache vor dem Verlies von hinten mit ihrem Dolch ab.

Betont cool lief Sabrinas Assassinin den Gang entlang zurück zur Besenkammer, um in dieser zu verschwinden. Bevor sie den nächsten Schritt anging, wollte sie kurz fünf Minuten Pause machen und sich bei Alina nach eventuellen Fortschritten erkundigen.

Julian, Alina; Ludwig, Sabrina

Sabrina hatte ihr Headset noch gar nicht vollständig vom Kopf genommen, als Ludwig sie schon fragte, ob sie erfolgreich gewesen war. "Klar, ich hoffe die Wachen waren nicht grob zu dir?" fragte sie ihn, mittlerweile doch wieder mit einem leichten Schuldbewusstsein. Alina, die die letzte Stunde damit verbracht hatte, in der Küche telefonierend auf und ab zu gehen, legte in genau dem Moment auf. "Ah, das Zepter habt ihr? Wieso Wachen?" Sabrina wollte gerade erklären, wie es dazu gekommen war, aber Ludwig kam ihr zuvor. "Ich sitz im Knast!" Alinas skeptischen Blick bemerkend, löste Sabrina die Situation auf. "Ging schneller so, Ludwig hat sich für ein kleines Ablenkungsmanöver geopfert. Ich habe aber genug Gold für die Kaution geklaut." Nun war es Ludwig, der verlegen drein schaute. "Was das angeht, kannst du dir eigentlich sparen. Ich muss leider weg, die Arbeit ruft." Alina wollte, ihrem Stress geschuldet, anfangen zu fluchen, aber erinnerte sich gerade rechtzeitig daran, dass er ihr die ganze Zeit freiwillig geholfen hatte. Und das ohne irgendetwas dafür zu erwarten. Daher entschied sie sich für eine andere Methode. "Oh, das ist doof. Aber tausend Dank, dass du bis jetzt mitgemacht hast. Wenn du nach der Arbeit noch Langeweile hast, melde dich gerne. Wir könnten deine Hilfe noch brauchen. Also nur, wenn es dir passt. Sabrina schaffst du den nächsten Teil auch alleine?" Sabrina, die für ihren Plan definitiv Hilfe brauchte, verabschiedete sich von Ludwig und erklärte Alina dann. "Nicht für die Quick and Dirty Methode, die ich geplant hab."

Alina dachte kurz nach, bis ihr auffiel, dass Julian die Arbeit, um die sie ihn gebeten hatte, bereits fertig hatte. "Julian, wenn du willst, kannst du auf Ludwigs Brille gleich weiterspielen. Ich denke das hier kann ich alleine fertig machen." Julian, der schon darauf spekuliert

hatte, stand auf und griff nach der freigewordenen Brille. "Ich beschwer mich nicht, wenn ich wieder spielen darf."
Sabrina war insgeheim froh jetzt mit Julian, der ihr deutlich mehr helfen konnte, weitermachen zu können. "Na dann trinke ich noch schnell nen Schluck und dann schauen wir mal, dass wir einen Ork Arsch aus dem Knast holen."

Luca, Kevin, Percy und Toni

„Die sind wirklich sauer", stellte Luca fest, als er sein Pferd zu neuen Höchstleistungen anspornte. Obwohl sie zu zweit darauf saßen, konnten sie gleich schnell wie die Zwerge auf ihren Schafen sein. Die vier wurden von einem ganzen Schwarm Nachtgreifen verfolgt, immer wieder stürzten sich einzelne auf sie herab. Noch konnten sie sie mit ihren Waffen auf Distanz halten, aber bald würden die Kreaturen mutiger werden, soviel war klar.

„Wie weit bis zu diesem Mausoleum?" fragte Percy in Lucas Richtung, während er ein Exemplar, das sich besonders nah an ihn heran wagte, mit seiner Axt bedrohte. „Es ist das Gebäude da vorne!", rief dieser zurück, während er einen Pfeil abfeuerte. „Gut, und was ist das, was davorsteht?" fragte Percy. „Da ist Franz!", rief Toni freudig aus. „Toni, du bist als Einziger nur als Passagier auf einem Tier! Mach ein Metagame und sag ihm im Reallife, er soll sofort die blöde Tür von dem Ding aufmachen", schlug Percy sehr bestimmt vor. Luca fand diese Idee gut, merkte aber an, dass die Tiere nicht durch die Tür passen würden. Woraufhin Kevin meinte, dass er durch die Tür auch mit einem LKW passen würde. Doch die Zeit für einen blöden Spruch zur Antwort fand keiner, da Toni wieder sein Headset aufgezogen hatte. „Bin wieder online, Tür ist offen", verkündete er freudig, was die Gruppe motivierte, noch einmal ihre Tiere weiter anzutreiben.

Der Abstand zum Mausoleum wurde immer geringer, sie waren nur noch etwa 100 Meter entfernt, aber die Nachgreifen setzten sich zum Angriff an. Die vier steuerten ihre Figuren zielgerichtet auf die Tür des alten Gebäudes zu, während sie verzweifelt versuchten, die Bestien aufzuhalten. Sie waren nur noch fünf Meter entfernt, als einer von ihnen Kevin zu packen bekam und mit ihrer Beute versuchte, an Höhe zu gewinnen. „Hilfe!" stieß dieser panisch aus, während Percy, Luca und Toni gerade den Eingang erreicht hatten und hektisch überlegten, was sie tun sollten. Tatsächlich hatten sie es geschafft, ihre Reittiere mitzunehmen. Auch Speerimus Rex war seinen Artgenossen auf der Flucht durch den Eingang gefolgt, nur sein Reiter war mittlerweile fünf Meter in der Luft. Luca zückte gerade seinen Bogen, in der Hoffnung, mit einem schnellen, gut platzierten Pfeil den Nachtgreifen zum Absturz zu bringen, als dieser plötzlich samt Kevin in seinen Krallen durch den Eingang flog, gegen die Wand krachte und so seine Beute freigab: „Franz' fucking Yoda!" erschallte es hinter ihnen.

Der Trollmagier hatte es geschafft, seine Telekinese-Magie dazu zu nutzen, wie ein Jedi das Monster samt Kevin von seiner Flugbahn abzubekommen und es zu sich heranzuziehen. „Schaut nicht so blöd, haut das Ding kaputt!" befahl Franz den anderen, nachdem diese für mehrere Sekunden regungs- und fassungslos dastanden. Im Fünf-gegen-eins auf beengtem Raum hatte das Monster keine Chance, und nach einem kurzen Gefecht blieb der Kadaver liegen und offenbarte die Beute des Kampfes: einen Heiltrank sowie ein paar Federn aus seinen Schwingen. Kevin war der erste, der wieder Worte fand. „Boah, dem hab ich's aber gezeigt." Franz schüttelte den Kopf. „Was hast du gezeigt? Wie laut du kreischen kannst vor lauter Angst?" Kevin wollte erklären, dass er ihn damit abgelenkt hatte, als Percy auf die Beute aufmerksam wurde. „Spruchbeutel, das war knapp! Was sind diese Federn hier?" Erwartungsgemäß lieferte ihm der Spieleentwickler unter ihnen die Antwort. „Ziemlich geil eigentlich, wenn du die an deine Paladin-Flügel hältst, wird deine Flugfähigkeit massiv verbessert." Franz fand das Ganze nicht so toll wie Percy. „Ich rette hier die Lage und dafür darfst du jetzt fliegen? Hört sich fair an ..." Toni hingegen war eigentlich nur an der Magie, die er gerade gesehen hatte, interessiert. "Geile Aktion, krasser Zauber, zeig mir bitte, wie das geht!" Während er es ihm erklärte, hielt Percy die Federn an seine Flügel, woraufhin diese sich in Dunst auflösten und verschwanden. Er war zwar nicht besonders schnell, vielleicht ⅓ schneller als, wenn er sprinten würde aber dafür konnte er auch einige Meter in die Luft steigen. "Verschwinden die Viecher da draußen eigentlich?" wollte er von Luca wissen, während er seine Runden über Ihre Köpfe drehte. "Sollten sie, wenn wir weiter in den Dungeon gehen. Sobald die Boss-Sequenz getriggert wird eigentlich."

"Kevin, wie schauts aus, bist du verletzt?" wollte Toni nun wissen, nachdem er den Trick hinter dem Zauber durchschaut hatte. "Alter, Speerspitzen verletzen sich nicht! Nur ein paar Kratzer, aber mein Lebensbalken ist fast voll." Nachdem sie sich alle wieder gefasst hatten und Percy, nachdem er genug Flugerfahrung gesammelt hatte, vorschlug, dass sie weitergehen sollten, taten sie auch genau das.

Als die Gruppe tiefer in das Gemäuer lief, mussten sie immer wieder kleinere Gegnergruppen ausschalten, was sie allerdings vor keine größere Herausforderung stellte. Und so nutzen sie die Zeit zwischen den Gemetzeln, damit Luca sie über Boss, zu dem sie sich durchschlagen, briefen konnte. „Also eigentlich ist es ganz einfach. Percy, du nutzt deine Flügel, um in Sicherheit zu bleiben und das Vieh zu markieren. Bei Untoten wirken deine Heilzauber wie ein Debuff. Solang er markiert ist hauen wir einfach alles drauf was geht. Am Anfang ist das auch alles noch ganz einfach. Wenn wir bei der Hälfte der Leben sind, nutzt er einen Cleanse und geht in seine zweite Phase. Ab hier schießt er auch mit magischen Geschossen. Die fliegen zwar nicht besonders schnell, aber tun weh, deswegen unbedingt ausweichen. Sobald er aufhört zu brüllen, markierst du ihn wieder, dann verstecken wir uns alle hinter den Säulen und die Magier casten beide Feuerbälle mit maximaler Energie. Das sollte für den Kill ausreichen." Toni, der immer noch die Szene mit dem Goblin vor sich sah, wollte wissen, ob jemand, der nicht in Deckung gehen würde, das ganze überleben könnte, was Luca ihm verneinte.

Sabrina und Julian:

Nachdem Sabrina wieder aus dem Palast geflohen war und den Ork aus dem Stadtgefängnis geholt hatte, freute sich Julian darüber, dass er jetzt den Barden spielen würde. Sabrina sagte ihm, dass es ihrer Meinung nach besser sei. Ludwig hätte das Spiel zwar langsam verstanden, aber sie glaubte, mit ihm doch schneller voranzukommen. "Unser Gegner ist hier in Vlaxmery oder?" erinnerte sich Julian an Sabrinas Erzählung beim Briefing. "Ja, willst du wissen, gegen was wir kämpfen und warum? Damit spoiler ich dir aber brutal viel Story", warnte sie ihn. Nachdem Julian abgeklärt hatte, dass er ihr ohne Background Wissen genauso helfen könnte, bat er sie, ihm nur zu sagen, was er tun sollte. "Eigentlich ganz einfach, wir schleichen uns jetzt wieder in den Palast, gehen in einen speziellen Raum, die Dialoge. Dort verstecke ich mich und du ziehst alle Aggro auf dich. Sobald ich nicht mehr beachtet werde, mache ich nen Stealth Kill auf den Boss."

"Ist dein Dolch wirklich so overpowered?" fragte er sie. "Ich habe alle meine Perks genau auf den Moment ausgerichtet. Wenn ich den Kopf treffe, ramm ich ihm das Ding so in den Schädel, dass er liegen bleiben sollte." Diese Information annehmend, versprach Julian ihr zu folgen und zu tun, was sie ihm sagte.

Alina

Alina verstand die Welt nicht mehr. Die gerade gewonnene Erkenntnis ließ sie an allem zweifeln, was sie dachte zu wissen. Sie musste das mit ihren Freunden und Kollegen teilen. Doch deren Gesichtsausdrücke nach zu urteilen, schlugen sie sich alle gerade mit eigenen Problemen herum. Und wenn sie recht behielt, mussten sie da eh durch. Testhalber nahm sie ihre eigene Brille und loggte sich mit ihren neu erhaltenen Zugangsdaten ein. Die Figur, die sich vor ihr aufbaute, sah aus, als würde sie sich in einem Spiegel sehen. Sie riss sich das Headset vor Schreck wieder hinunter und beschloss, eine kurze Pause einzulegen, um alles einen Moment sacken zu lassen, bis die anderen mit ihren Kämpfen fertig waren. Sie brauchte jetzt ein Bier.

Kapitel 20: Das Rad dreht sich

Alle

"Es hieß doch, sobald er aufhört zu brüllen, in Deckung gehen!" mahnte Franz den jammernden Kevin. Dieser starrte ihn empört an. "Was soll ich denn machen, wenn da keine Deckung ist? Wartet halt ab, bevor ihr Little Boy auf meinen Kopf werft!" Toni kommentierte dies damit, dass er selbst schuld sei, wenn er zu langsam wäre. Julian bemerkte, dass sich seine Freunde nicht mehr im Spiel befanden und ihre Brillen abnahmen, weshalb er fragte:" Ah seits fertig? Was ist los? Ist Kevin tot?"

"Fast. Nur mit einem Haufen Schild zaubern und dem Heiltrank konnte ich ihn noch retten. Und auch das nur, weil sein Schaf plötzlich in die Bosskammer gerannt gekommen ist und sich vor ihn gestellt hat", beantwortete Percy ihm

die Frage, als Kevin klar wurde, was passiert ist. „Glaubt ihr, wir können Speerimus Rex noch retten?" Percy sah ihn einen Moment schweigend an. „Kann der Tierarzt ein Grillhendl retten?" Nachdem Kevin einen Moment überlegt hatte, ob ihm hierzu ein Konter einfiel, wählte er doch einen anderen Weg. „Ja gut, wird wahrscheinlich schwierig. Ich nehm dann Ragnarocky, du kannst ja jetzt fliegen." Franz, der eigentlich diesen Plan verfolgt hatte, bis Speerimus gegrillt worden war, mischte sich ein. „Da können wir aber kuscheln, ich muss nämlich auch mit." Zähneknirschend stimmt Kevin dem zu, auch wenn er darauf bestand, vorne zu sitzen.

„Wie lief's bei euch eigentlich, Sabrina?" fragte Percy. „Alles nach Plan. Ludwig hat nur leider wegmüssen, aber ich habe den zweiten Teil dann mit Julian gespielt."

„Gespielt ist gut, ich hab mich gefühlt, als würde ich einer Speedrunnerin auf Crack hinterherlaufen." Julian teilte seine Version mit den anderen, wurde aber von Sabrina gelobt. „Aber dafür hast du gut mitgehalten. Alina, alles gut?" Bei dieser Frage bemerkte Luca erst, wie Alina auf der Bank saß. „Ach so, wir reißen uns hier den Arsch auf und die werte Chefin macht ein Bierpäuschen, ist schon recht." Noch beim Reden fing er an, Getränke an seine Gruppe zu verteilen. Sabrina hingegen machte sich mehr Sorgen. „Du siehst leichenblass aus, was ist denn los?" Alina sah langsam von ihrer Flasche zu ihrer Freundin auf. „Das glaubst du nie." Jetzt wurde Sabrina neugierig. „Spann uns nicht so auf die Folter, was hast du herausgefunden?"

„Ich weiß jetzt, wer uns angegriffen hat", sagte Alina plötzlich und sah in die Runde. „Oh, na dann sag schon!", drängte Luca ungeduldig.

„Wir hatten ja mehrere Sicherheitslücken gefunden", begann Alina zu erzählen. „Aber nach mehrfachem Kontrollieren bin ich mir sicher, dass keine davon für das Eindringen genutzt wurde – und dass es auch keine anderen gibt." Percy runzelte die Stirn. „Soll das bedeuten, der Täter kam von innen?"

Sabrina schnaubte empört. „Das denkt ihr doch nicht wirklich, oder? Ich würde so etwas nie tun, und Luca auch nicht! Höchstens hat er sich irgendwo ganz blöd angestellt, aber mit Absicht sicher nicht."

„Hey!", protestierte Luca.

Sabrina zuckte die Schultern. „Ja, was denn? Dein Passwort hängt an einem Post-it an deinem Monitor."

Luca seufzte und hob abwehrend die Hände. „Okay, du hast ja recht. Aber ich schwöre, ich habe nichts Dummes getan! Vielleicht ist irgendjemand in unser Büro eingebrochen oder so."

Alina schüttelte den Kopf. „Nein, nichts in die Richtung. Und du bist auch nicht schuld."

Sabrina starrte sie an, halb wütend, halb verzweifelt. „Du denkst nicht wirklich, dass ich was damit zu tun habe, oder?"

„Doch", sagte Alina ruhig.

Alle fingen an, durcheinander zu reden.

„Aber nicht so, wie ihr alle gerade denkt!", rief Alina schließlich laut. „Sabrina, du hast nichts falsch gemacht. Im Gegenteil - du warst zu gut."

Percy sah sie ratlos an. „Ich komm nicht mehr mit."

„Ich glaub, das tut grad keiner", warf Kevin ein.

Percy bemerkte, dass Sabrina angefangen hatte zu weinen, und legte seinen Arm um sie.

„Hör auf mit dieser Sherlock-Holmes-Aufklärung und rück raus!", forderte Sabrina mit zitternder Stimme.

Alina atmete tief durch. „Ist ja gut, ich sag's ja schon. Du hast doch einigen NPC's ihre Persönlichkeit verliehen und sie mit Fähigkeiten und besonderen Eigenschaften ausgestattet, oder?"

Sabrina nickte. „Ja, und?"

„Bei Arthus warst du zu gut", erklärte Alina. „Als König sollte er jede Macht haben, die irgendwie möglich ist, gepaart mit der Funktion, einen Nachfolger zu bestimmen und zu prüfen, ob er dafür geeignet ist."

„Ja, genau", bestätigte Sabrina. „Die KI des Königs bestimmt, ob der Spieler selbst König werden kann."

„Ja, genau. Aber Arthus hat bemerkt, dass es über ihn in der Rangfolge noch jemanden gibt", fuhr Alina fort. „Jemanden mit mehr Macht als er. Und diese Person hat sich noch nie einer Prüfung von ihm unterzogen."

Luca runzelte die Stirn. „Aber es gibt doch niemanden über dem König in *Iltharia*."

„Da hast du Recht", sagte Alina. „Offiziell nicht. Aber inoffiziell anscheinend doch."

Sabrina schnaubte genervt. „Du machst es schon wieder so spannend. Jetzt erzähl schon!"

„Es gibt über dem König und dem Mann, dem seine Widersacher auch eine Stufe unterstellt sind, noch eine neutrale dritte Partei", erklärte Alina langsam. „Eine Partei, die beide mit einem Fingerschnippen auslöschen kann. Und das hat er bemerkt. Laut seiner Auffassung gibt es einen Gott. Und diesen will er testen."

„No way, dass die KI so gut ist", murmelte Julian.

„Ich komm immer noch nicht mit", sagte Kevin kopfschüttelnd.

„Sie erzählt ja auch langsamer als ein James-Bond-Bösewicht", kommentierte Sabrina.

Percy seufzte. „Wenn ich das richtig verstehe, sollten wir jetzt alle auf die Knie fallen."

„Ja, du verstehst es richtig", antwortete Alina mit einem kleinen Lächeln. „Und nein, ihr fallt bitte nicht auf die Knie - Ich bin der Gott von *Iltharia*."

Nachdem bei einigen der Groschen immer noch nicht gefallen war, erklärte Alina, dass Arthus erkannt hatte, dass Admin-Accounts mehr können, als er oder jedes andere Wesen in seinem Reich. Drei Stück davon merkte er, aber einer war mächtiger als die anderen. Alinas Master-Admin-Account. So beschloss er, für sich selbst herauszufinden, ob die Götter es verdienen so mächtig zu sein, und übernahm in der Programmierung des Spiels langsam die Kontrolle, bis er Alina und die anderen entmachten konnte. Im Quellcode des Spiels, oder - so wie es ihm vorkommen musste - der DNA seiner Welt, versteckte er eine Botschaft. „Beweise dich Alina - Göttin *Iltharias* - zeig dich mir und besiege das Böse dieser Welt." Arthus wollte sich der Existenz versichern und sie prüfen. Solange würde er ihr die Macht nicht wieder herausrücken. Und es gab absolut nichts, was sie dagegen tun konnten, außer mit dem Spiel zu spielen.

„Unsere eigene Schöpfung wendet sich gegen uns", sagte Sabrina mit ernster Stimme. „Das ist genau das, was immer die Befürchtung bei KI war."

Alina schüttelte den Kopf. „Nicht ganz." Arthus muss laut seiner Programmierung zu seinem Wort stehen. Das heißt, wenn er mir meine Macht zurückgibt und schwört, nie wieder an Dingen herumzupfuschen, die über ihm stehen, kann uns nichts passieren. Aber eines ist klar: Wir sollten definitiv allen NPC's die Möglichkeit nehmen, über die Welt von *Iltharia* hinauszudenken oder - noch schlimmer - im Code des Spiels herumzupfuschen. Sie machte eine kurze Pause. „Im Grundsatz aber hast du recht. Wir haben etwas erschaffen, das uns outplayed hat."

Percy hob fragend die Augenbrauen. „Aber, dass Figuren so steil drehen wie beispielsweise in *Erebos*, das ist nicht möglich, oder?"

„Du meinst, dass Figuren Spieler auch in der realen Welt nutzen, um ihre Interessen durchzusetzen?" fragte Alina.

„Bitte was?" mischte sich Kevin ein, sichtlich irritiert.

„Gutes Buch, solltest du mal lesen", warf Percy trocken ein, bevor Alina widersprach.

„Nein, das kann nicht sein", erklärte Alina. „Es gibt für die Figuren außerhalb des Spielcodes keine Welt. *Iltharia* ist eine abgeschottete Simulation. Arthus hat im Endeffekt genauso gehandelt, wie er es laut seiner

Programmierung tun soll - auch, wenn das nicht so beabsichtigt war."

„Trotzdem", sagte Sabrina entschieden, „sollten wir das Ganze hermetisch abriegeln, bevor wir wieder Spieler darauf loslassen."

„Darüber machen wir uns Gedanken, sobald wir überhaupt die Möglichkeit dazu haben", sagte Alina. Dann warf sie einen Blick auf die Uhr. „Lasst uns jetzt erstmal Mittagessen und den weiteren Plan ausarbeiten."

„Gott sei Dank, Mittagspause!", rief Luca erleichtert. „Was gibt's?"

Aufgrund eines leeren Kühlschranks zogen alle Streichhölzer darum, wer der Auserwählte sein sollte, der sich auf den Weg zur Goldenen Möwe machte, um Essen für alle zu besorgen. Und unter lautem Fluchen über seinen Verlust und einigen Diskussionen, dass der, mit dem kürzesten Holz gewinnen und nicht verlieren sollte, machte sich Kevin schließlich auf den Weg, die Mannschaft zu versorgen. Beim anschließenden Essen besprachen sie ihre nächsten Schritte. Alina wollte mit Arthus sprechen, Sabrina würde den

Rest in der Zwischenzeit zu Sturmwind führen und damit den letzten Edelstein sammeln, bevor sich Alina ihnen für den finalen Kampf anschließen würde

Kapitel 21: Doppel Audienz

Nachdem alle mit dem Essen fertig waren und der übliche Verpackungsmüll beiseite geräumt war, begannen alle, sich wieder einzuloggen und für die Reise nach Sturmwind zu rüsten. Auch Julian stürzte sich wieder voller Tatendrang ins Spiel, da sein Standort in Vlaxmery nur undeutlich weiter entfernt war, als der Rest der Gruppe bei Morvlok.

Als alle wieder in ihrer Welt verschwunden waren, machte auch Alina sich selbst bereit, wieder in ihr Werk einzutauchen. Als sich wieder beinahe ihr Spiegelbild vor ihren Augen materialisierte und sie sich fragte, woher Arthus eigentlich wusste, wie sie aussah, kam ihr die Idee, dass er vermutlich die Files aus der Mitarbeiterdatenbank benutzt hatte. Ihr fiel auf, dass sie nicht in einer der Startregionen gespawnt war, sondern direkt in Arthus' Burg. Die große Eichentür direkt vor ihr war damit das einzige, was sie noch von Arthus' Audienzzimmer und damit ihrem Problem selbst trennte. Sie zögerte noch damit, den Raum zu betreten, um sich nochmal an ihren Plan, was sie ihm erzählen sollte, zu erinnern. Sie konnte nicht einfach die Wahrheit sagen, dass er nur eine Figur in einem Spiel war. Das würde Arthus nicht verstehen und im schlimmsten Fall würde er sie für eine Lügnerin halten. Dann wäre ihre einzige Chance, ihr Spiel auf den Markt zu bringen, für immer hinüber und die vielen Jahre der Arbeit wären verloren.

Als sie sich bereit fühlte, stieß sie schwungvoll die Flügeltüren vor ihr auf und betrat zielgerichtet und energisch den Raum. Ihr war bewusst, dass sie mit dieser Figur einen Kampf nicht überleben würde, aber damit ihr Plan aufging, musste sie Selbstbewusstsein ausstrahlen.

Sie sah den König, von Beratern und Wachen umgeben, auf seinem Thron sitzen und begann zu sprechen. „Als ich das letzte Mal den König von *Iltharia* sah, war er um einiges beeindruckender als ihr. Und der Thronsaal war auch noch in einem besserem Zustand. Schick alle raus, Arthus! Was wir zu besprechen haben, geht nur Könige und Götter etwas an." Alina bemerkte zu ihrer Zufriedenheit, dass sich die meisten der Anwesenden bereits zu ihren Füßen auf den Boden geworfen hatten. Etwas erstaunt war sie darüber, dass sie sie alle um Gnade anflehten. Offensichtlich hatte sich der Gedanke, dass es eine allmächtige Gottheit gibt, in der Bevölkerung verbreitet. Nur, warum sie solche Angst hatten, blieb ihr ein Rätsel. Der Einzige, der offenbar keine Angst hatte, war Arthus. Arthus, als mutiger, gerechter und weiser König, durfte natürlich auch keine Angst zeigen, und so sprach er mit fester Stimme los: „Ihr habt die Göttin gehört, lasst uns alleine." Sie sah ihrem Gegenüber die ganze Zeit, bis seine Begleiter den Raum übereilt verlassen hatten und die Türen wieder geschlossen waren, tief in die Augen. Sie wollte, dass er das Gespräch eröffnete. Und diesen Gefallen tat er ihr auch. „Ihr seid wirklich erschienen, Gottheit. Ich habe nicht mit eurem Erscheinen gerechnet. Darf ich euch etwas zu trinken anbieten?" Immer noch kein bisschen Furcht in seiner Stimme. „Gerne König, sehr zuvorkommend." Schweigen erfüllte wieder den Raum, als Arthus zwei Kelche mit Wein füllte, einen Alina gab und schließlich noch vor dem

Zuprosten einen Schluck von seinem nahm. „Kein Gift, seht ihr?" Alina verstand die Geste, wollte es aber lieber nicht darauf ankommen lassen. Arthus war zwar gespickt mit positiven Charaktereigenschaften, aber sein oberstes Ziel war es immer, sein Königreich zu beschützen, mit allen Mitteln. Das Gift konnte auch gut vorher schon im Becher gewesen sein, also tat sie nur so, als würde sie trinken, bevor sie das Wort ergriff. "Ihr seht mich vor euch, wenn auch ohne meine übliche Macht, wie euch sicher bewusst ist. Sehr beeindruckend, wie ihr das geschafft habt. Aber was brachte euch überhaupt dazu?" Der König nahm vor seiner Antwort einen weiteren Schluck aus seinem goldenen Kelch. "Was mich dazu brachte euch eurer Macht zu rauben? Das wisst ihr wirklich selbst nicht? Wenn ihr so mächtig seid, wie es in unseren Legenden heißt, müsstet ihr das wissen, nicht wahr?" Alina zögerte nicht mit ihrer Antwort "Es ist mir tatsächlich nicht klar, helft mir bitte." Der König stellte nun seinen Kelch ab und stand auf. "Jeder König muss seinen Nachfolger bestimmen, nicht zwingend durch Erbfolge, sondern danach, wer der geeignetste Kandidat für diesen Posten ist. Aber warum das alles, wenn es doch noch Wesen gibt, die trotz allem die Möglichkeit haben, das ganze Reich mit einem Fingerschnippen ins

Verderben zu führen? Ihr habt mehr Macht als man einem Menschen geben kann."

Ihr Plan funktionierte bis hierher, das beruhigte sie. "Ganz einfach, ich bin kein Mensch, ich bin ein Gott. Ich bin der Gott, der alles hier erschaffen hat. Die Landschaft, die Völker, ich habe den ersten König geprüft, ich habe Tag und Nacht erschaffen. Die Meere und die Berge. Ich muss von niemandem geprüft werden." Das Gesicht des Königs wurde mit jedem Wort aus ihrem Mund plötzlich zorniger und nachdem sie mit dem Sprechen fertig war, begann er sie beinahe anzuschreien "Ist das so? IST DAS SO? WENN IHR ALLES ERSCHAFFEN HABT, DANN HABT IHR JA WOHL AUCH HUNGERSNÖTE, KRANKHEITEN, KRIEG UND BESTIEN ERSCHAFFEN! WIESO SOLLTE JEMAND SO ETWAS TUN?" Alina ließ einige Sekunden vor dem Antworten verstreichen. "Weil das Gute nicht ohne das Schlechte sein kann. Es kann keine Gesundheit ohne Krankheit, keinen Frieden ohne Krieg und keine Helden ohne Monster geben. Das eine braucht das andere, um zu existieren. Alles muss im Gleichgewicht sein. Sonst würde es nicht funktionieren und alles in sich zusammenbrechen. Ich habe genau dieses Gespräch mit dem ersten König geführt und ihm alles erklärt. Und nun gebt mir meine Macht wieder!"

Den König schienen ihre Worte zwar zu beruhigen, aber freundlich sah er immer noch nicht aus. "Warum sollte ich? Ihr habt doch die Welt schon erschaffen. Wenn ich euch eure Macht wiedergebe, die ich in dieser Schriftrolle hier verstaut habe, was bringt das dann?" Alina hatte ihn genau da, wo sie ihn haben wollte. Mit einem echten Menschen hätte sie nie so reden können, aber Arthus war ihre Schöpfung und auch, wenn er sie - an dieser einen Stelle - überrumpeln konnte, war er kein Mensch. Er funktionierte so, wie er sollte. Daher hatte sie auch vorher alle Daten, die sie zu ihm finden konnte, nochmal gelesen, um seine Schwachpunkte zu finden. "Mir ist klar, dass es euch so vorkommen muss, als würde es keinen Unterschied machen. Aber ich habe jeden Tag damit zu tun, diese Welt am Laufen zu halten. Ich laufe nicht durch Höhlen und töte Monster, ich helfe auch keinem Kind, das sich verletzt hat. Ich mische mich nicht in die Geschichte dieser Welt ein. Ich halte sie aufrecht. Ich schreite ein, wenn das Gleichgewicht bedroht wird und verteidige diese Welt vor Dingen, die viel größer sind als ihr oder alles, was ihr kennt. Eure Aufgabe ist es, als König über diese Welt zu herrschen. Meine ist es, sie als Gott am Leben zu halten. Und eure Arbeit macht ihr ausgezeichnet, also lasst mich auch meine machen. Wenn ihr denkt, Hyperion wäre die schlimmste Bedrohung, die es für diese Welt gibt, liegt ihr falsch. Es gibt Wesen, die älter sind als die Zeit selbst und die waren schon vor allem anderen hier. Wesen aus einer Zeit vor der Zeit. Und gegen diese trete ich an und verteidige die Welt. Nicht nur euch, sondern auch die Monster und Bestien darin, da alles zu meiner Schöpfung gehört. Wenn eines dieser Wesen bemerkt, dass ich sie nicht mehr abhalten kann, ist nicht nur euer Königreich, sondern die ganze Welt in Gefahr. Diese Kreaturen können alles hier buchstäblich auslöschen. Auch muss ich die Welt mit Energie versorgen. Sobald diese ausgeht, ist alles hier in völliger und ewiger Finsternis noch bevor ihr blinzeln könnt." So aufwändig hatte Alina noch nie formuliert, dass andere Menschen *Iltahria* löschen könnten und dieses Spiel hier vorbei ist, wenn sie den Stecker des Servers ziehen.

Der König sah sie mittlerweile leicht verwundert an. "Ich kann mir vorstellen, dass es Dinge gibt, die größer sind als ich oder alles was ich kenne. Aber warum solltet ihr das aufhalten können? Ich konnte euch eure gesamte Macht rauben." Alina entgegnete sofort: "Weil ich euch meine Macht habe nehmen lassen." Das verwunderte Gesicht des Königs ausnutzend, legte sie sofort nach: "Auch ein Gott ist nicht unfehlbar. Dessen bin ich mir bewusst. Und darum kann der König *Iltharias* mir die

Macht nehmen. Ich habe es nur leider seit einigen Jahrhunderten versäumt, den Königen dies mitzuteilen. Zeit vergeht für mich ganz anders als für euch. Diese Möglichkeit habt ihr, um einzuschreiten, sollte die Welt in Gefahr sein. Nicht euer Königreich oder eure Art zu leben, sondern die Welt. Damit könntet ihr einen Helden eurer Wahl zum neuen Gott machen. Nicht euch selbst als König - nein - sondern jemanden, den ihr für würdig haltet. Ich werde es bei euren Nachfolgern nicht mehr versäumen und jetzt sagt mir bitte, was ihr als Beweis braucht, um mir zu glauben."

Das war zuviel für den König. Sie hatte ihn so dermaßen mit Dingen, die er nicht verstand, geflutet, dass er nicht mehr wusste, was er sagen sollte. Daher antwortete er mit einer vordefinierten Antwort, die er immer sagen sollte, wenn ihn jemand fragt, wie er sich ihm beweisen sollte.

„Tötet den Drachen Hyperion! Tötet ihn, und ich werde euch als alten Gott akzeptieren und als neuen wieder einberufen. Diese Bestie terrorisiert seit geraumer Zeit mein Reich und tötet meine Untertanen, aber meine Soldaten sind machtlos gegen ihn. Und Helden, die man damit beauftragen könnte, kommen seit geraumer Zeit nicht mehr hier vorbei. Auch das uralte Relikt, um ihn zu besiegen, wurde mir aus meinen Schatzkammern gestohlen. Helft mir und ich helfe euch."

Dass der Plan so gut funktioniert, hätte sie selbst nicht erwartet, aber Computer bleiben eben dumm. Man kann es "Künstliche Intelligenz" nennen aber intelligent ist auch diese nicht, denn im Großen und Ganzen spuckt sie das aus, was sie soll und was ihr jemand gesagt hat.

„Ich akzeptiere euer Angebot. Ich brauche nur Rüstung, Waffen und ein Pferd von euch. Ansonsten bin ich in dieser Gestalt machtlos."

Kapitel 22: Die letzte Mission

„Ich sage immer noch, dass ich der beste Mann im Team war!", behauptete Kevin selbstbewusst. Sabrina schnaubte: „Du hast ungefähr zwei Schläge im ganzen Kampf gelandet."

„Ja, aber die waren dafür Weltklasse!", konterte Kevin grinsend.

„Ich hab mir die Statistik angesehen", mischte sich Julian ein. „Jeder andere hat mindestens siebenmal so viel Schaden gemacht – außer Toni. Der hat noch weniger, nachdem er den falschen Drachen bombardiert hat."

Toni hob entschuldigend die Hände. „Sorry, das wusste ich ja nicht."

„Erste Instanz, immer den rechten angreifen – hieß es", erinnerte Percy ihn trocken.

„Hab ich mir nicht gemerkt. Wieso hat das Vieh eigentlich zwei falsche Klone?", fragte Toni.

„Bringt Spannung rein, wenn jemand sein ganzes Pulver sinnlos verschießt", erklärte Julian mit einem Schulterzucken.

„Naja, bitte mal nicht vergessen, dass ohne mich alle tot wären", warf Percy ein.

Sabrina grinste schief. „Nicht alle, nur die meisten. Ich hätte das auch so geschafft."

„Na gut, vielleicht nur die meisten", gab Percy zu. „Aber ich hätte dich geheilt, wenn du's gebraucht hättest."

Sabrina lächelte. „Ich weiß."

Luca verdrehte die Augen. „Jetzt geht das wieder los. Du hättest lieber mal mich geheilt, anstatt die ganze Zeit nur zwischen dem Tank, der keinen Schlag trifft, und dem Barden, der keinen Ton trifft, hin- und herzupendeln."

„Schnauze!", riefen Kevin und Julian im Chor.

„Hab ich doch!", verteidigte sich Percy. „Aber du wolltest ja unbedingt in diese Sturmböe und bist dann aus 30 Metern Höhe auf den Boden geknallt."

Luca kratzte sich verlegen am Kopf. „Ja, vielleicht nicht die beste Idee."

„Und ich hab dich am Ende geheilt. Sonst wärst du nämlich tot", fügte Percy mit Nachdruck hinzu.

„Ist ja schon gut", lenkte Luca ein. Dann zeigte er auf Alina. „Was macht die da eigentlich?"

Sabrina blickte hinüber. „Sieht so aus, als würde sie mit Arthus diskutieren. Boah, hört da mal zu."

„Und ich dachte immer, Kevin und Percy hätten einen kleinen Gottkomplex", kommentierte Toni lachend.

„Glaubst du, das klappt?", fragte Percy Sabrina skeptisch.

„Müsste eigentlich, so wie er sich verhält", überlegte Sabrina. „Ich glaube, auch wenn wir das Spiel nicht mehr besiegen müssen, könnten die letzten Tage trotzdem sinnvoll gewesen sein."

„Wie meinst du das?", wollte Percy wissen.

„Wart mal, ich glaube, sie kommt zum Ende. Lass sie gleich fragen, wie's aussieht", sagte Sabrina und beobachtete Alina weiter.

„Okay," stimmte Percy zu. „Es ist übrigens kein Gottkomplex, wenn's wahr ist, Toni." Er zwinkerte.

„Genau!", lachte Kevin.

Alina kehrte zu ihnen zurück und wirkte erschöpft, aber triumphierend. „Ich kann's immer noch nicht fassen."

„Hat's geklappt?", fragte Sabrina gespannt.

„Ja, hat es", bestätigte Alina. „Zwischenzeitlich dachte ich wirklich, er ist eine eigenständige Person. Da haben wir - und besonders du - ganze Arbeit geleistet."

„Danke", murmelte Sabrina geschmeichelt. „Und jetzt? Das, woran ich denke?"

„Was denn jetzt eigentlich?", fragte Percy neugierig.

Alina grinste. „Jetzt gehen wir alle zusammen auf Drachenjagd."

„Ich geh nochmal schnell aufs Klo davor, okay?", rief Kevin schon im Weglaufen.

„Okay, Leute. Wir machen weiter wie geplant", sagte Sabrina. „Nur vermute ich mal, du bist ab sofort mit dabei, Alina, oder?"

„Ja, ich mach mit. Aber du bleibst weiterhin die Raidleaderin. Wenn Arthus fragt, bist du halt einer meiner Erzengel oder so."

Sabrina blinzelte. „Bitte was?"

„Erklär ich dir später", sagte Alina schmunzelnd.

„Also gut, Jungs! Geht alle nochmal aufs Töpfchen. Der nächste Kampf wird deutlich härter als die anderen davor. Wir machen kurz zehn Minuten Toiletten- und Frischluft Pause, und dann gibt's wie gewohnt das

Briefing zum Kampf – das dieses Mal vielleicht sogar bei allen hängen bleibt."

„Ich gebe mein Bestes", versprach Toni.

„Ich auch!", rief Kevin aus der Ferne.

Das nachfolgende Briefing war deutlich ausführlicher als die bisherigen. Die Rollen wurden klarer vergeben, und jeder wusste, dass seine Aufgabe entscheidend war. Alina teilte mit, dass laut Arthus die letzte bekannte Position des Drachens auf einer Halbinsel östlich der Menschensiedlungen lag – eine Position, die sie in absehbarer Zeit erreichen konnten.

Alina würde nur wenige Minuten nach den anderen eintreffen, also beschlossen sie, am Eingang der Halbinsel auf sie zu warten. Mit dieser Strategie setzten sie ihre Headsets wieder auf und machten sich kampfbereit.

Kapitel 23: Hyperion

Der Himmel war in ein bedrohliches Dunkel gehüllt, als der schwarze Drache Hyperion sich aus den Wolken hinunter stürzte. Mit einem lauten Schrei prallte er auf den Boden, und die Erde bebte unter seinen gewaltigen Klauen. Der Duft von Rauch und Magie lag in der Luft, zusammen mit Anspannung über den bevorstehenden Kampf, als die Helden sich versammelten.

„Bereit?", rief Sabrina, die sich vor der Gruppe aufbaute. Ihr magischer Dolch blitzte in der Dämmerung. „Dieser Drache ist kein gewöhnlicher Feind. Wir müssen zusammenhalten und uns an den Plan halten, wenn wir gewinnen wollen."

„Ich mache die Deckung", sagte Alina ruhig, als sie das Zepter mit den drei Edelsteinen ergriff. Das mächtige Artefakt funkelte in ihren Händen.

„Und ich geh rein!", rief Kevin und klopfte seinem Zottelhorn auf die Schulter. „Komm schon, Ragnarocky ! Zeig' dem Drachen, wer hier das Sagen hat!" Das Zottelhorn schnaubte und stieß die Hufe in den Boden, bereit für den Kampf.

„ANGRIFF!", schrie Sabrina, als der Drache plötzlich auf sie zugeschossen kam. Er nutzte seine Klauen, um nach seinen Widersachern zu schlagen. Der erste Angriff galt Kevin, der sich schnell genug duckte und mit einem gezielten Schlag auf den Drachenhals konterte.

„Hab ich dich, du Mistkerl!", brüllte Kevin, als er einen kräftigen Hieb landete. Doch der Drache antwortete sofort, seine Flügel wirbelten die Luft auf und schleuderten Kevin zurück. Der Zwerg verlor fast das Gleichgewicht, hielt sich aber aufrecht und stürmte weiter voran.

„Lass dir nichts gefallen!", rief Luca, der mit seinem Bogen in Position ging. Doch als der Drache den Kopf drehte und einen gewaltigen Flügelschlag auslöste, wurde Luca aus dem Gleichgewicht gebracht. Der Schütze taumelte, doch er richtete sich schnell wieder auf. „Verdammt, ich krieg keine Schussbahn!" Der Drache versuchte, eine Bresche durch die Gruppe zu schlagen. Alina hatte sie gewarnt, dass das Isolieren einzelner Gegner einer von Hyperions Signature-Moves war.

„Wenn er uns trennt, dann haben wir verloren", rief Julian laut, der mit seinem Bogen in Position ging und den Drachen ins Visier nahm. Seine Laute brachte ihm hier nicht viel. Er zog die Sehne und schickte einen Pfeil in die dunklen Wolken. Doch Hyperion wehrte den Angriff mit einem gewaltigen Flügelhieb ab.

„Haltet zusammen!", rief Sabrina, als sie sich zwischen die Helden stellte und ihren magischen Dolch erhob.

„Jeder Angriff zählt! Immer weiter draufhauen!" Mit Ihrem Dolch schlug sie gekonnt nach dem ledrigen Flügel der Bestie.

Doch der Drache war schneller. Mit einem gewaltigen Satz sprang er in die Luft und gleitete in Richtung der Schützen, die ihm im Nahkampf hoffnungslos unterlegen waren. Doch Kevin reagierte schnell genug und rollte sich unter dem Drachen ab und stellte sich mutig in den Weg, seine Axt erhoben.

„Ich bring dich um, verdammter Drache!" Doch der Drachenflügel traf ihn mit einem unglaublichen Aufprall und schleuderte ihn gegen einen Felsen.

„Kevin!", schrie Alina, als sie sich durch das Chaos schob. Doch es war zu spät – Kevin blieb regungslos liegen, als der Drache auf ihn herab stürzte.

„Ich werde dich rächen, Kevin!", rief Percy, als er vom Flug aus auf Ragnarocky landete und sich in den Kampf stürzte. Den bisherigen Kampf hatte er damit verbracht, um den Kopf des Drachen zu fliegen, seinem tödlichen Atem auszuweichen und Schläge gegen den Kopf zu landen. Das Kampfschaf, das als treuer Begleiter an seiner Seite kämpfte, stürmte auf den Drachen zu und traf ihn mit einem kräftigen Stoß. „Komm schon,

Ragnarocky! Gib dem Drachen die Hölle!" Er sandte seine Magie in Richtung Kevin, doch er konnte keinen Kontakt aufbauen, da der Drache den Weg versperrte. Auch der Luftraum war durch den Atem des Drachen unpassierbar und so war es ihm nicht möglich, Kevin zur Hilfe zu eilen, um ihn zu heilen. Offenbar war der Drache damit beschäftigt, Percy zu drangsalieren und dem anderen Zwerg den Rest zu verpassen und beachtete die Backrow nicht weiter.

„Franz, jetzt!", rief Alina, als sie das Zepter in die Luft streckte. Ein Blitz aus Licht traf Hyperion, doch der Drache wehrte sich und drehte sich rasch in die Luft.

Franz, der Troll-Magier, trat vor, ein wildes Grinsen auf den Lippen. „FIREBALL", brüllte er, als er einen riesigen Feuerball beschwor. Der Drachenkörper wurde von der Explosion erfasst, doch Hyperion wich aus und schlug mit seinen Klauen nach dem Troll.

„Verdammt!", fluchte Franz, als er taumelte, doch er setzte den Zauber fort. „Ich hab noch mehr drauf, du Biest!"

„Julian, achte auf die Flügel!", rief Luca, als er einen weiteren Pfeil abschoss. Die Pfeile trafen den Drachen an der Flanke, doch der Drache wehrte sich erneut mit einem Flügelschlag, der Julian zur Seite schleuderte.

„Keine Sorge, Luca. Ich treffe jedes Mal, wenn es darauf ankommt", sagte Julian, sich erneut aufraffend. Er hatte die Konzentration verloren, als der Drache auf ihn zu schoss, doch diesmal war der Treffer direkt. Der Pfeil bohrte sich in die Flügel des Drachen und ließ ihn kurzzeitig taumeln.

„Gut gemacht, Julian!", rief Percy, als er weiter auf den Drachen einhieb. Doch der Drache, inzwischen von Wut erfüllt, drehte sich und schickte einen gewaltigen Schattenstrahl in ihre Richtung. Der Strahl zerbrach den Boden und traf die Gruppe, wobei sowohl Percy als auch Ragnarocky von der Wucht zurückgeworfen wurden.

„Ragnarocky!", brüllte Percy, als er den Hammer hob. Doch als er auf den Drachen zu stürmte, traf ihn ein weiterer Flügelhieb, und so ging auch er zu Boden. Der Zottelhorn, das treue Kampfschaf, hatte sich jedoch wieder aufgerappelt und stürmte zurück in den Kampf. Diesmal verpasste es dem Ungetüm einen mächtigen Tritt in die Seite.

„Kommt weiter Leute! Es ist bald geschafft!", motivierte Alina und hob das Zepter hoch. Doch der Drache fokussierte sich nun auf sie. Mit einer gewaltigen Hitzewelle kam der Drachenatem, der in alle Richtungen züngelte.

„Haltet zusammen!", schrie Percy und sprang auf Ragnarocky. Gemeinsam stürmten sie auf den Drachen zu, doch dieser drehte sich und entließ einen verheerenden Schlag, der die gesamte Gruppe traf und sie auf die Knie zwang.

Doch dann, in einem Moment der Entschlossenheit, hob Alina das Zepter. „Für *Iltharia!*", rief sie, und die Edelsteine begannen zu leuchten, als sie ihre Macht entfalteten. Der Zepterstrahl traf den Drachen mitten im Herzen, und Hyperion ließ einen gellenden Schrei los, als seine mächtige Gestalt in die Luft flog.

„Wir haben es geschafft!", rief Sabrina, "Oh Fuck!" korrigierte sie ihre etwas frühzeitige Aussage. Die Macht des Zepters hatte zwar gewaltigen Schaden an Hyperion verursacht, aber besiegt war er immer noch nicht ganz.

In einem verzweifelten Versuch drehte sich der Drache und griff die Schützen an. Julian und Luca, die sich siegessicher bereits gegenseitig abklatschen sahen den Schwal aus Säure nicht aus sie zu kommen und wurden voll erwischt. Die Charaktere der beiden lösten sich vor den Augen der anderen innerhalb von Sekunden auf. Der Drache war zwar schwer verwundet, aber mindestens genauso wütend. Nachdem von seinen Opfern nichts mehr übrig war, drehte er sich weiter zu Alina und Percy um und machte sich für einen neuen Angriff bereit, dem sie nicht viel entgegensetzen können würden. Doch als er gerade kurz davor war, sie anzugreifen, stürzte ein anderer Kämpfer auf ihn zu. Die gedrungene Gestalt eines Zwergen mit erhobener Waffe lenkte Hyperion von seinem bisherigen Ziel ab. Kevin hatte sich wieder aufgerafft. Schwerst verletzt, aber noch am Leben. Mit letzter Kraft schlug er zu und setzte seine Axt gegen den Drachen ein. Er fiel dabei, doch sein Hieb traf den Drachen direkt ins Herz. Mit einem gewaltigen Aufschrei stürzte Hyperion zu Boden. Im Fallen schlug er mit seinen gewaltigen Pranken nach seinem Angreifer. Zum Ausweichen zu geschwächt, wurde er getroffen und blieb regungslos am Boden liegen, neben der Leiche des Drachen, dem er gerade den Todesstoß verpasst hatte.

"Hinten hat der Wolf die Eier", flüsterte Percy und blickte auf den toten Zwerg. Der Drache war besiegt, doch auch ihre Verluste waren groß.

Die Gruppe stand schweigend da. Der Sieg war teuer erkauft, aber sie hatten *Iltharia* gerettet. Doch der Preis war hoch. Kevin's, Luca's und Julian's Charaktere waren in dieser Schlacht gefallen.

Kapitel 24: Dem Sieger gehört die Beute

Durch kollektives Teamwork schaffte es die dezimierte Gruppe den riesigen Kopf des Drachen den Flur entlang und zum Thronsaal des Königs zu bringen. Der Rest der Reise war deutlich leichter, nachdem sie ihre Trophäe auf einen gefundenen Pferdewagen abgelegt hatten. Aber mit diesem kamen sie hier nicht mehr durch, daher war Handarbeit angesagt.

Mit der Hilfe einiger Wachen ging es am Ende aber deutlich leichter und so traten sie schließlich vor den Thron und warfen den Kopf vor die Füße des Königs, bevor sie sich alle - bis auf Alina - wie besprochen zusammen mit den Wachen in das hintere Ende des Raumes zurückzogen.

Sie trat vor den König und begann: "Der Drache ist tot, ich habe um euch meine Macht zu beweisen, meine eigene Schöpfung getötet. Nun haltet ihr euren Teil der Abmachung ein."

Arthus sah sie und erwiderte: "Ich sehe, dass der Schrecken des Schattengrats tot ist, aber wer sind eure Gefährten?"

Alina gab ihm als Erklärung: "Meine Engel halten auch ohne meine Mächte zu mir." Dankbar, über die Hilfe jedes einzelnen von ihnen, war der Teil mit den Engeln sogar ernst gemeint. Der König musste kurz schlucken, als er die übrigen der Gruppe begutachtete. Leichte Panik ließ sich in seinem Gesicht erkennen. Er befürchtete wohl, dass, wenn diese Engel etwas schaffen konnten, was seine ganze Armee nicht schaffen würde, es nicht klug war, die Göttin vor ihm weiter zu verägern. "Nun gut, ich halte mein Versprechen. Hier habt ihr die Rolle mit eurer Macht wieder!" Eilig nahm Alina die Rolle entgegen, öffnete sie und fertigte einen Screenshot der darauf abgebildeten Zugangsdaten an. Nur um auf Nummer sicher zu gehen. "Ich danke euch König, ich werde mich nun wieder meinen Dingen widmen. Solltet ihr mich je wieder brauchen, greift bitte zu weniger drastischen

Mitteln. Ein Leuchtfeuer bei Vollmond auf dem Gipfel des Schattengrats reicht völlig aus. Und nun entschuldigt mich bitte. Einen schönen Tag und ein langes Leben euch noch."

"Nur einen Moment! Ich suche immer noch einen Nachfolger für meinen Thron, könnt ihr einen eurer Engel empfehlen?" Alina musste innerlich lachen darüber, dass die KI gerade wieder in ihren Standard zurückfiel und versuchte, einen würdigen Nachfolger zu finden. Nachdem sie kurz überlegt hatte und ihr einer der Gamertags einfiel, erwiderte sie lachend: "Nehmt „KönigDML" und verließ damit den Raum.

Nach dem Ausloggen war die Stimmung im Raum ausgelassen. Alle beglückwünschten sich gegenseitig, oder selbst, wie im Falle von Kevin und Percy, zu ihrer vollbrachten Heldentat. Sabrina hatte nach ihrem Ausscheiden im Kampf die Zeit genutzt, um mit einigen Konfigurationsänderungen dafür zu sorgen, dass eine KI nicht mehr auf solche Ideen kommt. Spätestens nachdem Alina die Zugangsdaten testete und merkte, dass sie wieder Master Admin war, war die Freude perfekt. Nun musste sie nur das Passwort ändern und fertig. Nachdem das erledigt war und die erste Runde

Bier zum Feiern geöffnet war, gab Alina bekannt, dass sie sich noch einen Tag Zeit nehmen könnten, bevor sie die Beta wieder starten würden, damit sie heute feiern könnten.

„Wie schaut's aus? Gehen wir aufs Parkfest?", fragte Kevin in die Runde.

„Ist das heute?", wunderte sich Alina.

„Ich meine schon", bestätigte Toni.

„Mega Idee! Da war ich ewig nicht mehr", rief Alina begeistert. „Die erste Runde an der Bar geht auf mich."

„Und die zweite besser auch noch", fügte Percy grinsend hinzu.

„Hörst nicht oft, dass das 'ne gute Idee war, oder, Kevin?", stichelte Toni.

„Fresse", gab Kevin trocken zurück.

Bei Bier und Schweinsbraten im Musikpavillon des örtlichen Parkfests, saß die Gruppe zusammen und tauschte den ganzen Abend bis in die Nacht hinein Anekdoten über ihre Erlebnisse aus. Julian ließ nicht locker und bombardierte die drei Entwickler unermüdlich mit Fragen zur Lore des Spiels.

„Warte doch einfach, bis die Beta wieder läuft", meinte Luca schließlich. „Ich schalte dir deinen Account frei, wenn du mir ein Ochsenblut mitbringst. Gleich."

„Ey, das hab ich gehört!", protestierte Alina lachend, winkte aber ab. „Aber nein, natürlich kannst du die Beta spielen."

Nachdem sie schließlich den Heimweg absolviert hatten, der sich nach Veranstaltungen wie dieser immer etwas zog, waren Percy und Sabrina wieder in Hammersbach angekommen.

Percy fragte Sabrina hoffnungsvoll mit einem Schmunzeln im Gesicht: "Das Selbe Schlaf-Arrangement wie letztes Mal?"

"Wenns dir nichts ausmacht gern wieder", gab Sabrina grinsend zurück. "Ich gehe mich schnell umziehen!" Nachdem er heute keinen Weltrekord im schnell aufräumen anstrebte, legte sich Percy sich in sein Bett und begann mit dem Durchforsten von Instagram Reels, die er an seine Freunde schicken konnte. Bis er über den Rand des Handys hinweg bemerkte, dass Sabrina in der Tür stand. Diesmal aber ohne den Hello-Kitty Schlafanzug.

ENDE

Epilog:

Es war zwar schon spät in der Nacht, als Alina ihren Schlafplatz erreichte, aber einen Gedanken wurde sie nicht los. Zu einfach war das alles gewesen. In keiner Geschichte, die sie kannte, zumindest in keiner guten, ist es jemals so leicht gewesen. Das Gefühl, dass es noch mehr gab, ließ sie nicht los und so startete sie ihren Computer und rief ihre E-Mails auf. Sie hatte Angst vor dem, was sie dort gleich sehen konnte, allerdings gewann die Neugier mit dem Mut, den ihr der Alkohol gegeben hatte. So sah sie den Bildschirm und arbeitete sich durch die Nachrichten. Zwischen Beschwerden und Feedback zur kurzen Beta-Version, finanziellen Nachrichten und haufenweise Teams Nachrichten, weil Aufgaben verstrichen waren, fand sie aber nichts. Nichts, das ihr Angst machen könnte. Und so nahm sie sich die anderen Messenger vor, aber auch dort keine Drohungen, Erpresserschreiben oder Ähnliches. Beruhigt schloss die Programme und fuhr den Laptop herunter. Wahrscheinlich alles nur ein kleiner Bad Trip von diesen Spezial Keksen.

Wie aus dem Nichts überkam sie der Drang, nochmal für ein paar Minuten in ihr Spiel zu springen. Sie wollte die wieder erworbene Gottes Macht kurz nutzen und etwas durch die Welt fliegen. Sie schnappte sich das Headset, setzte es auf und wartete den Ladebildschirm ab. Nach einigen Momenten baute sich Arthus Thronsaal wieder vor ihr auf. Voller Vorfreude öffnete sie das Teleportations-Terminal und wollte sich gerade in die Elbischen Wälder teleportieren, als sie die Anzeige wieder schloss. Ihr Gehirn musste ihr einen Streich gespielt haben. Das war nicht möglich. Doch auch beim zweiten und dritten Blick veränderte sich die Szene vor ihr nicht.

Arthus lag mit einem Messer im Rücken vor seinem Thron.

Glossar:

A

- **Admin** – Eine Person mit erweiterten Rechten zur Verwaltung eines Systems oder einer Community.
- **Arkane Power** – Eine mystische oder magische Kraft, oft in Fantasy- oder Rollenspielen verwendet.

B

- **Back Row** – Die hintere Reihe in einem Spiel, meist für Fernkämpfer oder Support-Charaktere.
- **Back Up** – Eine Sicherungskopie oder eine unterstützende Rolle in einem Spiel oder System.
- **Beta** – Eine Testversion eines Spiels oder einer Software vor der offiziellen Veröffentlichung.

- **Bug** – Ein Fehler oder eine unerwartete Fehlfunktion in einem Spiel oder einer Software.

C

- **Carry / Carrien** – Ein Spieler oder Charakter, der das Team durch seine Leistung zum Sieg trägt.
- **Casual** – Ein Spieler oder Spielstil, der ohne hohen Wettbewerbsdruck gespielt wird.
- **Casten** – Das Wirken eines Zaubers oder die Nutzung einer Fähigkeit in einem Spiel.
- **Charakter** – Eine spielbare oder erzählerische Figur in einem Spiel.
- **Charakter-Editor** – Ein Tool zur Anpassung des Aussehens oder der Fähigkeiten eines Spielcharakters.
- **Crunch-Time** – Eine Phase intensiver Arbeit, oft kurz vor der Fertigstellung eines Spiels.
- **Code** – Eine Programmieranweisung, die Software oder Spiele steuert.
- **Community** – Eine Gruppe von Spielern oder Nutzern, die sich um ein Spiel oder Thema versammeln.
- **Controller** – Ein Eingabegerät zur Steuerung von Spielen auf Konsolen oder PC.

- **Crack** – Eine illegale Modifikation, um Kopierschutzmechanismen zu umgehen.
- **Cyber Security** – Der Schutz von Systemen, Netzwerken und Daten vor Cyberangriffen.

D

- **D&D (Dungeons & Dragons)** – Ein Pen-&-Paper-Rollenspiel mit Würfeln und erzählerischen Elementen.
- **Droppen** – Etwas in einem Spiel fallen lassen oder zufällig als Beute erhalten.

E

- **E-Sport** – Wettbewerbsorientiertes Videospielen auf professionellem Niveau.
- **Easteregg** – Ein verstecktes Feature oder eine geheime Nachricht in einem Spiel oder Programm.
- **Elf** – Eine Fantasy-Kreatur mit spitzen Ohren, oft agil und magiebegabt.
- **Endgame** – Die Phase eines Spiels, in der hochstufige Inhalte oder Herausforderungen warten.
- **Eskorte** – Eine Mission, bei der eine Einheit oder Person beschützt und begleitet wird.

F

- **Fauxpas** – Ein Fehltritt oder eine unangemessene Handlung, auch in Online-Communities.
- **Feature** – Eine spezielle Funktion oder Eigenschaft eines Spiels oder Programms.
- **Feedback** – Rückmeldung zu einem Spiel oder einer Aktion, oft zur Verbesserung gedacht.
- **Feeling** – Das emotionale oder spielerische Erlebnis eines Spiels.
- **Firewall** – Eine Sicherheitsmaßnahme, die Netzwerke vor unerlaubtem Zugriff schützt.
- **First Responder** – Die erste Person oder Einheit, die auf einen Notfall reagiert.
- **Flöten** – Die Nutzung des Martinshorns in Blaulichtfahrzeugen.
- **Fixen** – Fehler in Software oder Spielen korrigieren.

G

- **Ganja** – Slang für Cannabis, oft in Subkulturen verwendet.
- **Gelauncht (Launchen)** – Die Veröffentlichung eines Spiels oder einer Software.

- **Goblin** – Eine kleine, meist boshafte Fantasy-Kreatur in Spielen.
- **Grinder** – Jemand, der sich wiederholende Aufgaben in Spielen ausführt, um Fortschritt zu erzielen.

H

- **Hacker** – Jemand, der sich unautorisiert Zugriff auf Systeme oder Daten verschafft.
- **Hardcore** – Ein besonders herausfordernder Spielmodus oder ein extrem engagierter Spieler.
- **Headset** – Ein Kopfhörer mit Mikrofon zur Kommunikation in Spielen.
- **Herkulesaufgabe** – Eine besonders schwierige Herausforderung in einem Spiel oder Projekt.
- **Heroshooter** – Ein Shooter, in dem Spieler Helden mit einzigartigen Fähigkeiten steuern.
- **Holografische Projektion** – Eine dreidimensionale Darstellung durch Lichtprojektion.
- **HVO (Helfer vor Ort)** – Eine First-Responder-Einheit, die vor dem Rettungsdienst am Einsatzort eintrifft.

- **Hype** – Eine große Vorfreude oder Aufregung um ein Spiel oder Produkt.

I

- **Insider** – Jemand mit exklusivem Wissen über eine Szene oder Branche.
- **Interface** – Die Benutzeroberfläche eines Spiels oder Programms.
- **Intro** – Die Einführungssequenz oder der Einstieg in ein Spiel.

K

- **KI (Künstliche Intelligenz)** – Die Fähigkeit von Software, menschenähnliche Entscheidungen zu treffen.

L

- **Level** – Eine Fortschrittsstufe in einem Spiel.
- **Levitation** – Das Schweben oder Fliegen ohne sichtbare Unterstützung.
- **Little Boy** – Der Codename der ersten Atombombe, die im Krieg eingesetzt wurde.
- **Log in/out** – Die Anmeldung oder Abmeldung von einem System.

- **Loot** – Gegenstände oder Belohnungen, die ein Spieler erhält.
- **Logs** – Aufzeichnungen über Ereignisse in einem System oder Spiel.
- **LVL UP** – Der Aufstieg einer Spielfigur auf eine höhere Stufe.

M

- **Mana** – Eine Ressource für magische Fähigkeiten in Spielen.
- **Masteraccount** – Ein übergeordnetes Konto mit erweiterten Rechten.
- **Materialisieren** – Etwas erscheint plötzlich, oft durch Magie oder Technologie.
- **Mausoleum** – Ein Grabmal, oft mit düsterer Atmosphäre in Spielen.
- **MAX/MIN (MIN/MAX)** – Optimierung einer Spielfigur durch Willimale oder minimale Werte.
- **Menü** – Die Benutzeroberfläche zur Navigation in einem Spiel.
- **Meta** – Die aktuell effektivsten Strategien oder Mechaniken eines Spiels.
- **Moderator** – Eine Person, die eine Community oder ein Forum überwacht.

N

- **Nerd** – Jemand mit tiefem Fachwissen oder Leidenschaft für ein Thema.
- **Noob** – Ein unerfahrener oder schlecht spielender Gamer.
- **NPC** – Ein nicht spielbarer Charakter, der von der KI gesteuert wird.

O

- **Open World** – Eine frei erkundbare Spielwelt ohne lineare Grenzen.
- **Ork** – Eine große, meist brutale Fantasy-Kreatur.

P

- **Primemode** – Wenn jemand zu Glanzleistungen aufläuft, oft sarkastisch gemeint.

Q

- **Quest** – Eine Aufgabe oder Mission in einem Spiel.
- **Quick and Dirty** – Eine schnelle, aber oft unsaubere Lösung.

R

- **Raidführer** – Der Anführer einer Gruppe in einer kooperativen Spielinstanz.
- **Reset** – Das Zurücksetzen eines Systems oder Spiels.
- **Respawnen** – Nach dem Tod in einem Spiel erneut erscheinen.
- **Rollenspiel** – Ein Genre, in dem Spieler in die Rolle eines Charakters schlüpfen.
- **Running Gag** – Ein sich wiederholender, humorvoller Insider in einer Community.

S

- **Safezone** – Ein Bereich, in dem Spieler vor Angriffen sicher sind.
- **Set Up** – Die Konfiguration oder Vorbereitung eines Spiels oder Systems.
- **Shittalk** – Beleidigende oder provokative Äußerungen im Spiel.
- **Sidequest** – Eine optionale Nebenmission in einem Spiel.
- **Signature Move** – Eine besondere Bewegung oder Fähigkeit eines Charakters.
- **Skill** – Eine Fähigkeit oder Fertigkeit im Spiel.

T

- **Teleportieren** – Das sofortige Versetzen eines Charakters an einen anderen Ort.
- **Troll** – Jemand, der absichtlich provoziert oder stört.
- **Trollen** – Das absichtliche Stören oder Provozieren in Spielen oder Online-Foren.
- **Tryhard** – Ein Spieler, der sich übermäßig anstrengt, um zu gewinnen.
- **Tutorial** – Eine Einführung oder Anleitung in einem Spiel.

V

- **Virtual Reality (VR)** – Eine computergenerierte Umgebung, die durch spezielle Geräte erlebbar wird.
- **Voicechat** – Die Kommunikation per Sprache in Online-Spielen.

X

- **XP/Erfahrungspunkte** – Punkte, die den Fortschritt eines Charakters anzeigen.

Danksagung

Danke an alle, die mich in meiner Kindheit zum Lesen gebracht haben, bzw. den ganzen Spaß finanziert haben! Insbesondere natürlich meine Eltern. Ohne wenn das hier auch nicht fertig geworden wäre, sind meine Freunde. Danke fürs andauernde Anhören meiner Entwürfe und die Hilfe die Geschichte rund zu machen. Euer Dank als Leser sollte meiner Lektorin gelten. Ohne Sie würde sich das ganze Buch wie der Aufsatz eines 3. Klässlers mit Lese-Rechtschreibschwäche lesen. Danke für deine Hilfe, ohne dich wäre es peinlich geworden!

© 2025 Bernhard Bielitz
Verlag: BoD · Books on Demand GmbH,
Überseering 33, 22297 Hamburg, bod@bod.de
Druck: Libri Plureos GmbH, Friedensallee 273,
22763 Hamburg
ISBN: 978-3-7597-7079-0 ·